小屯一家

都 来——著

台海出版社

图书在版编目（CIP）数据

小屯一家 / 都来著. — 北京：台海出版社，
2021.4

ISBN 978-7-5168-2981-3

Ⅰ.①小… Ⅱ.①都… Ⅲ.①长篇小说—中国—当代
Ⅳ.①I247.5

中国版本图书馆CIP数据核字(2021)第073818号

小屯一家

著　者：都　来

出 版 人：蔡　旭　　　　　　　　封面设计：邢海燕
责任编辑：姚红梅

出版发行：台海出版社

地　　址：北京市东城区景山东街20号　　邮政编码：100009

电　　话：010—64041652（发行，邮购）

传　　真：010—84045799（总编室）

网　　址：www.taimeng.org.cn/thcbs/default.htm

E－m a i l：thcbs@126.com

经　　销：全国各地新华书店

印　　刷：河北盛世彩捷印刷有限公司

本书如有破损、缺页、装订错误，请与本社联系调换

开　　本：710毫米×1000毫米　　　　1/16

字　　数：123千字　　　　　　　　印　张：8

版　　次：2021年4月第1版　　　　　印　次：2021年4月第1次印刷

书　　号：ISBN 978-7-5168-2981-3

定　　价：50.00元

I

开天辟地始，

百年吾中华。

沧桑难述矣，

小屯说一家。

中华民族有着五千年的文明历史，其间经历过繁荣与衰败、安宁与动荡。20世纪 20 年代初中国共产党的成立，是开天辟地的大事件。中国共产党领导中国人民，经过二十八年艰苦卓绝的斗争，推翻了帝国主义、封建主义和官僚资本主义的统治，建立了一个全新的国家——中华人民共和国。之后又经过近三十年的曲折探索，终于找到了一条符合中国特色的社会主义发展道路。至 21 世纪 20 年代初，百年中华发生了沧桑巨变，要想全面、完整地记述这百年来的历史巨变，那是极为困难的，甚至是不可能的，这里就说说东北大平原上，小屯一家在这百年里的变迁吧。

1943 年中国的东北，正值日本侵占时期。这一年夏日的一天，东北大平原的中部，小屯一农家院里热热闹闹，集聚了好多人，原来是这家的老儿子正在办结婚大喜事。新郎和新娘同生于 1922 年，生肖属狗，现年 22 岁（东北农村过虚岁）。

新郎是这农家的小儿子，身高一米七〇左右，脸型方正、单眼皮。这新郎为何 22 岁才结婚？原来一年前被招去"勤劳奉仕"了，在黑龙江省牡丹江市东宁县（今称东宁市）为日本人做了一年劳工。

当新娘坐的车——喜车——刚到新郎家门时，新郎与家人满面笑容、欢声笑语扶着新娘下了车。院子里早已鞭炮震响、喇叭声阵阵。新郎在前，新娘在后，新娘头上蒙着红布盖头，新郎新娘拖着红布带，缓步走到桌前拜天地，然后进入了洞房。

当揭下新娘头上的红布盖头，众人见到这新娘，身高不足一米六〇，容貌俊俏，面相慈善，梳着一头乌黑的短发，方脸、单眼皮，略露牙齿，最显著的特征——一双"大脚片"。

将送亲的新娘的娘家人让到座席处，开始上酒席。酒席为"八顶八"，即八个盘子八个碗的菜肴。这"八顶八"其中有四样是必备的——面鱼、丸子、粉条和红烧肉。陪同新娘的送亲人和新郎家里的亲戚、朋友及邻居，在酒席上一番畅饮，欢欢乐乐、酒足饭饱且不多提。送走了新娘娘家客人后，招待完亲朋好友，新郎家人也是忙活了一整天。

小两口洞房花烛，小屯又多了一户人家。

这个小屯，在当地称为"钟家屯"，地处龙湾县城东北三十里。要说这小屯倒也没什么特别之处，不过是大平原上的一个普通小屯；要说这小屯有些特殊之处，那就是一个孤立的小屯。

小屯由北西南三面牛轭状小河沟包围。在小屯的东南方向二三里外才有邻屯。小屯离南沟子最近，仅二三百米远；离西沟子、北沟子一二里地；小屯的东面虽没有小河沟，但并无邻屯，均是田野。

春天，大地冰雪消融，小河沟便开始潺潺流水，日夜流淌着，绕着屯子蜿蜒向南流去，流过六七里之后，便汇入了滔滔的伊通河，伊通河水又汇集到松花江。小屯南面一里处，通行着西南至东北方向的大道——南国道，全长五十多公里，"伪县公署"将此线路定为警备道。此道路在辽、金及元朝时期就是一条交通要道了，可以说此道路已有相当长的历史。

夏秋之际，小河沟部分地段有十多米宽、一两米深，当地人将这些地方称为"泡子"；大多地段三五米宽，一米来深；窄的地方，人们用铁锹挖土垫到小河沟两侧，人们一跳就可以跨过去。沟子岸边长满了柳条通和杂草，沟子中的水清凌凌可见到底；水中小鱼、小虾各种水生物在游动；沟子岸边和上空常有小鸟栖息或盘旋；孩子们常到这里洗澡、摸鱼、抓蛤蟆玩儿。

冬天，小河沟结冰封冻，人畜过往在冰上，孩子们在冰面上尽情玩耍。

新郎姓钟名海，他上有老母，其父已去世多年。他还有两个已婚的哥哥，大姐、三姐已出嫁，二姐早亡。这钟家虽然父亲去世多年，但母亲带着三个儿子勤俭持家过日子，家境还是不错，有七垧田地，一台胶轮大车，是远近有名的一户富裕家庭。

新娘姓李名树珍，其娘家在钟家屯西北七里地的张家店屯，她上有父亲与母亲，还有五个已婚的哥哥和一个未婚的弟弟，一个姐姐已出嫁。新娘家境更是不错，父亲是方圆几十里有名的中医。新娘在家是老姑娘，倍受父母宠爱，直到 22 岁才出嫁。

钟家屯最初仅有三户人家，均姓钟，住在最东边就是钟海的太爷家，称为"东院"，还有"腰院"和"西院"。日子久了，钟家屯的名字就叫开了。这钟家屯何时建立，这三户人家来自何处？那还得慢慢从头说起。

1644 年清军入关后，在东北设置了盛京将军、吉林将军和黑龙江将军。这里的"将军"，既是官职，又是行省名称，相当于省级行政区划。三将军的辖区在管理方式、行政制度及土地占有形式方面，都有别于中原地区。清朝统治者视东北为"祖宗肇迹兴王之所"，借口保护"参山珠河之利"，清摄政王多尔衮在 1644 年下"禁关令"，严令禁止汉人进入所谓的"龙兴之地"垦殖，长期对东北实行封禁政策。

与"禁关令"相关的有两大事件——"柳条边"和"闯关东"。

为了严格执行"禁关令"，清朝政府不惜代价，于东北境内分段修筑了一千多公里名为"柳条边"的篱笆墙，直至康熙中期完成。从山海关经开原、新宾至凤城南的柳条边为"老边"；自开原东北至今吉林市北为"新边"。柳条边以东的满洲严禁越界垦殖，柳条边以西则作为清朝的同盟者蒙古贵族的驻牧地。

清朝对东北的封禁政策造成东北边疆空虚、人口稀薄，俄国人、日本人不断涌入、扩大，并与清军发生战争。清政府迫于沙俄侵华，不得已加强边关措施，于 1791 年（清乾隆五十六年）推行"移民实边"政策。所谓"移民"就是将内地的大批汉族农民移向边疆地区垦殖；所谓"实边"就是通过屯垦充实边防，抵御帝国主义列强的入侵。自此，出现了中国历史上大规模的悲壮之举——"闯关东"。

郭尔罗斯前扎萨克（旗长）恭格拉布坦，同意开放其旗南的游牧地，招关内移民来此垦荒。在游牧地开放以后，最早来到这片荒地上的只有二十多户人家，分布在靠山屯、高家店、好来宝和两家子。这些拓荒者大都是来自山东省的登州、莱州、青州三府，多因当地旱涝灾害频繁，为了求得生存，到关外来垦荒。闯关东的人，有的推着挎车子，有的挑筐、背篓，里边装着孩子、干粮和衣物，徒步往郭尔罗斯前旗以南的游牧地来安家落户。他们不畏艰难险阻，背井离乡，扶老携幼，千里迢迢地来到榛莽未辟、荒无人烟的塞外——蒙古族游牧地，希冀寻找到能吃饱"大饼子"的第二故乡。

最先来到此地的逃荒户，在荒野上搭个马架子有了住处，刨荒种出来的粮食得以充饥，于是便有了更多的山东老乡踏着他们的足迹，也来到这里。开头说的钟家的祖辈，就是在这其中。他们兄弟三人带着家眷、挑着罗筐，从山东省登州府蓬莱县（今称蓬莱市）三座塔，来到东北大平原中部的高家店。

人们垦荒的劲头很高。春开春荒，夏垦伏荒，种拓秋荒，冬天放火烧荒。早出晚归，一锹一镐，一犁一锄，日复一日，年复一年，一代接着一代，开拓着、扩展着，使一片片大荒甸子变成了黑色的沃土良田。

经过二十来年的开荒种地，到 1810 年（清嘉庆十五年），先后垦荒五大乡，其中就有龙湾乡。这之后，农垦区逐渐形成了四周旧地相连、村屯错落的景况。开始有了酿酒、榨油、糕点、粮米等加工业；有了铁木、制草等手工业作坊；出现了商铺和集市贸易，并形成了许多小集镇。

清道光年间（1821—1850 年），钟家的第四代子孙中的三户人家，又搬到距高家店东南五十里的一个无人居住地——后来称为"钟家屯"。这钟家三户，住在东院的主人就是钟海的太爷，他在这小屯去世后，就埋在小屯的东面二百多米处。

钟家的后代，就将最早逃荒到东北的三兄弟认为祖宗，将他们的名字写在钟家老祖宗（家谱挂画）的最上一辈。钟家屯的后代子孙们，常常听他们的长辈讲起钟家祖籍地，和他们祖辈来东北逃荒的"家话"。钟海结婚时，钟家屯已有百八十年的历史，此时加上几户外姓已有十多户人家，总计有八九十人在钟家屯居住。

前面说了，俄国人、日本人不断涌入东北，大清朝推行"移民实边"政策，钟家的祖辈从山东"闯关东"到"关外"——东北的郭尔罗斯以南居住生活。而在此期间，1840 年爆发了第一次鸦片战争，1856 年爆发了第二次鸦片战争。清政府被迫与列强签订了不平等条约：《南京条约》《北京条约》《瑷珲条约》等，中国因此丧失了大片领土。

我们把时间的指针拨到 20 世纪前后，看看中国的形势是怎样的。

东邻的日本，早已觊觎中国东北广袤的土地，对其垂涎三尺。终于，在 1894 年（清光绪二十年），中日甲午战争爆发，清军战败，日本侵占了辽东半岛。1898 年沙俄强租旅大；1900 年沙俄血洗黑龙江海兰泡、霸占江东六十四屯；1904 年（清光绪三十年），列强们竟在中国的土地上——辽东一带发动日俄战争。这期间，小屯一家所在的龙湾县境内，日俄也进行了交战，在经过的村屯奸淫抢掠，无恶不作。日俄战争后，原来由沙俄修建的中东铁路——长春至旅顺段被转让给日本，改称为南满铁路，成立了所谓的"南满洲铁道株式会社"。它成了日本在中国东北进行政治、经济、军事等方面侵略活动的指挥中心，并经营铁道、水运、航空等交通运输业务。

就在大清帝国摇摇欲坠的时候，1907年（清光绪三十三年）11月，光绪帝和慈禧太后相继病死，年幼的溥仪继位，改年号为"宣统"，其父载沣为摄政王。此时大清朝的形势是：外侵内扰，官吏横征暴敛，百姓苦不堪言。一时间，土匪蜂起，啸聚山林，打家劫舍，百姓的生活更加痛苦了。

1911年10月10日，革命党人发动武昌起义，辛亥革命爆发。南方各省纷纷宣布独立，南方十七省选出孙文担任中华民国第一任临时大总统。1912年1月1日，在南京宣布中华民国成立，孙文就任。同年2月清帝逊位，历时268年的大清朝寿终正寝。与此同时，南京参议院正式选举袁世凯为临时大总统。1913年10月，国会选举袁世凯为中华民国第一任大总统，成立北洋政府。

1916年6月，袁世凯病死，揭开了军阀割据时代。北洋派内部分裂为"直系""皖系"两大派系，同时"奉系"在东北崛起。1918年9月，张作霖被任命为东三省巡阅使，他利用日本的势力控制了奉、吉、黑三省，成为奉系首领，依靠日本长期统治东北。而日本人在东北的势力也在不断壮大，1916年8月，日本长春领事馆龙湾分馆开办，领事分馆设在县城。由于北洋政府外交上的软弱，日本人更加无视中国独立主权。1919年11月，居然在领事分馆门前亮出警察署字样。龙湾领事分馆以保护日本侨民为名，纵容日本人在县城等地以卖药、卖杂货和开当铺为名，暗地里经营妓馆和卖吗啡、鸦片，侦察、收集中国的政治、经济、军事情报。

1919年5月4日，在北京发生了以青年学生为主，广大群众、市民、工商人士等阶层共同参与，通过示威、游行、请愿、罢工、暴力对抗政府等多种形式反对帝国主义、封建主义的爱国运动。

从1840年鸦片战争到1919年的五四运动，中国人民为了反对帝国主义和封建统治，进行了英勇不屈的斗争，其中最主要的是太平天国农民战争和资产阶级领导的辛亥革命，但最后都相继失败了。1917年俄国十月革命的胜利，使中国的先进分子找到了救国救民的真理，把马克思列宁主义广泛传播到中国。

1921年7月，在上海召开了中国共产党第一次全国代表大会。党的一大宣告了中国共产党的正式成立，从此，中国出现了以马克思列宁主义为行动指南的统一的无产阶级政党。有了这样一个先进的坚强的政党，作为凝聚自己力量的领导核心，中国革命的面目就焕然一新了，就有了通向胜利的保证。在浩瀚的历史长河中，曾发生过许许多多的重大事件，但是在中国工人运动与马克思主义相结合的基础上，中国共产党的成立，这是开天辟地头一遭，给灾难深重的中国人民带来了光明和希望。

再看看此时的东北，1922年第一次直奉战争，奉系军阀头领张作霖失败而归，宣布东三省独立，自任保安总司令。

小屯一家的男女主人也就在这一年出生了。

1927年6月，张作霖在北京就任北洋军政府陆海军大元帅，代表中华民国行使统治权，成为国家最高统治者，并组成北洋军阀统治时期第三十二届——也是最后一届——内阁，成为北洋军政权最后的一个统治者。

从1909年（清宣统元年）在龙湾县城仅有一户六口之家的日本人居住，到1928年县城已有三四十户日本人，人数已达一二百人。他们先后开设药铺、杂货店、当铺、妓馆、粮铺，还设警察署、赤十字社、救济所等用来刺探情报。

日本人早已蠢蠢欲动侵略中国的东北，这一天终于来到了。1928年6月4日，担任东三省巡阅使、掌握了奉天省（今称辽宁省）军政大权的张作霖，乘火车时被日本关东军预埋在皇姑屯地方的炸药炸成重伤，当日送回沈阳官邸后即过世。"皇姑屯事件"之后，张学良继任为东北保安军总司令，拒绝日本人的拉拢，坚持"东北易帜"——归顺南京国民政府。

1931年9月18日，日本帝国主义悍然发动了侵华战争，在中华民族生死存亡之际，各地爱国志士纷纷奋起反抗，与日军展开了英勇的斗争。"九·一八"事变后，日本帝国主义侵占了中国的整个东北地区。日本为了避免国际上谴责自己，迫切需要找一个政治幌子，以显示日本关东军并不是占领中国东北，而是满洲皇族请他们来帮助建立新"国家"，于是，末代皇帝溥仪成为新"国家元首"的最佳候选人。

1932年3月1日，在日本军队的支持下，末代皇帝爱新觉罗·溥仪顺利到达东北，建立了傀儡政权——"满洲国"，并将长春定为"国都"，改名"新京"，成为"满洲国"的政治、军事、经济、文化中心。因南京国民政府和中国共产党以及国际社会对"满洲国"政权均不予承认，故称其为"伪满洲国"或"伪满"。伪满洲国的性质和中国其他抗战沦陷区完全一样，又称东北沦陷区。1932年3月至1934年3月，伪满洲国为"共和"体制，溥仪为"元首"，年号"大同"；1934年3月之后，溥仪改称"皇帝"，年号"康德"。中国东北地区的民众，便成为日本控制下伪满洲国的臣民。

中国人民并没有屈服于日伪的统治。从1932年初开始，中共满洲省委陆续派来杨靖宇等中共党员到南满、东满等地从事创建抗日武装的工作，之后不断发展壮大，1936年至1937年是东北抗日联军迅速发展的年代，开辟了东南满、吉东和北满三大游击区，进行游击战争，出现了杨靖宇、赵尚志、李红光、赵一曼等一大批抗日英雄人物。东北抗日联军活动，虽然没有波及小屯这地方，但这里也时常听到二三百里外东北抗日联军抗日的英雄故事。

在伪满洲国统治下生活的钟海，上学读了三年私塾。学习课程有国语、日语、算数、历史等。学习《三字经》《百家姓》《千字文》；学习珠算、记账、写信等基本技能。钟海读完私塾后，便在家里帮助大人干活劳动，一年年长大。

1941年太平洋战争爆发，日本国内、伪满的劳力严重不足。1942年5月，伪满洲国"国务院"颁布了《国民勤劳奉公制创设要纲》；年底伪满洲国又推出了《康德十年度国民勤劳奉公制度实施要纲》；1943年2月，伪满"民生部"又颁布了《国民勤劳奉公法施行规则》，规定全东北年龄在20至23岁的男性青年，除了服兵役者，均需加入"勤奉队"，服劳役十二个月。实际上，年龄范围和期限只是一个幌子，只要是劳力，根本不管多大年纪。

在"勤劳奉仕"名义下，推行"国民皆劳"，强迫几十万人常年修筑铁路、公路，开发土地，修建军事工程、边境地带的军事要塞等。"勤劳奉仕"是日伪当局征集劳动力的主要方式和来源。伪满的"勤劳奉仕"是强制的，不计报酬地奉献、效劳。

1942年钟海等青年被本县招为"勤劳奉仕"，他们坐大马车到火车站，再坐火车到哈尔滨，由哈尔滨坐火车到牡丹江，由牡丹江坐大车最终到达东宁县，一路走了一千二三百里。钟海随着众人车马劳顿，总算到达了目的地。

钟海与一同前往的劳工到东宁一看，这里是山区。钟海长这么大还是头一回见到这石头山呢。这批青年被安排干活后，他们见到的是一个个山洞——军事要塞。进入军事要塞就如同进入迷宫，一条条一人多高、宽一庹多长的甬道纵横交错，甬道的一侧都有排水沟，水泥地面非常平整，上下三层直至地面都能连通。

早前1933年1月，日本关东军攻陷东宁县，关东军为实现长期占领东北进攻苏联的野心，在中国与苏联接壤的东宁，构筑了规模最大、功能设施最强的军事要塞。东宁要塞是日军动用最多中国劳工修建而成的军事要塞。

东宁要塞从1934年6月之后，日军强行征用大量中国百姓和战俘充当"劳工"修筑工程。许多劳工都饿死在那里，或病死在那里。（据考证：当年先后至少有十七万名之多中国劳工被强制在那里施工，工程结束后劳工死亡达数万人。）

钟海这批劳工，给日本人干的活是往山洞里搬运武器和弹药。劳动中日本人拿着枪支看管他们，不允许干活的人多说话，他们干活很累还吃不饱。

这批青年劳工们，深知中国人一定要团结，不然就很难活着回去。他们一同去的十三个老乡，结拜了"磕头的"，也就是结拜了"把兄弟"。十三个兄弟根据年龄大小排序，老大姓门、老九姓林、老十一姓车、老十三姓刘，钟海排行第十二。钟海等这批青年，他们忍辱负重、小心翼翼、艰辛地劳动，在这军事要塞足足干了一年，幸运的是这批劳工都活着回到了家乡。

再说这李树珍，她没有上过学，但家中有很多书，她聪明记性好，跟哥哥们边学、边记。后来读书时，根据前后认识的字，也就基本能读懂每段话的大概意思了。这样，通过不断读书，认识的字也就越来越多，大部分的书也就能读懂了。

李树珍小时候也裹过脚，但没裹多日，由于疼痛难忍，整天哭喊向母亲叫苦。母亲平时知道小女儿的秉性倔强，看到小女儿的痛苦劲儿，最后放弃了对小女儿的裹脚，所以李树珍就成了一双"大脚片"。

以上就将东北大平原上这钟家屯的来龙去脉，钟海一家的男女主人，从出生到结婚成家大体情况说清楚了。

1943年的夏日里，在伪满洲国管辖的东北大平原中部，新组建的小屯一家，随着中国这个"大家"的沧桑之变，又将如何变迁呢？那就让我们慢慢来跟踪追寻吧。

2

钟海与李树珍组建的新家庭，没有马上另起炉灶单过，而是与钟海的母亲和大哥、二哥共同生活在一个大家庭，这个大家庭称为"伙儿"。钟海的大哥年长钟海10岁，钟海的父亲去世时，钟海刚8岁，而他大哥已18岁了。钟海的母亲是个小脚女人，钟海的大哥就成为伙儿里当家的，就是一家主事之人。

新娘李树珍，在这个上有婆婆、大伯哥、嫂子，下有六七个侄子、侄女的大家庭中生活。伙儿里大人都能各司其职，妯娌仨轮流做饭，相处得比较融洽。李树珍可以说算是大家闺秀，虽然没念过书，但从小受到家庭的熏陶，认识好多字，一般书都能读懂，知其大意。加之天生聪慧，记忆超群，能说会道，办事通情达理，内心世界多姿多彩。李树珍嫁到钟家很是得宠，两个嫂子都是小脚女人，不识字，所以两个嫂子对她敬慕并惧她三分。

1944年秋季，李树珍产下了第一个女儿。小屯孩子生下来，都起个小名，妈妈给女儿取个小名——小兰。兰，取兰花之寓意。中国人历来把兰花看作是高洁、典雅的象征；将梅、兰、竹、菊合称"四君子"。这个小生命的诞生，给这个小家带来了欢乐。

伙儿里哥仨在农忙时都在家里干农活，妯娌仨也在田地里干些力所能及的活儿。农闲时，两位哥哥就赶着马车去县城拉脚挣钱去了，钟海一人在家管理田地。此时，李树珍开始编草帽，每年夏天能编一二百个，每个草帽可卖两角多钱，卖得的钱买针线和家里小孩生病时用，伙儿里是不给零花钱的。

天气逐渐变冷，地上封冻了，钟海开始自己打场。打场这活儿，一般是要几个人同时干的——铺场、打场、翻场等。钟海一人顶几个人来干，他铺完场，把拉滚子的马缰绳接上长长的绳子系在腰间，一边赶着马，一边双手握着木叉翻场，不停地翻动着被碾轧的庄稼。

钟海一个人起早贪黑打场，这活儿需要一两个月才能干完。冬天的天气越来越冷，钟海没有防寒的棉大氅御寒，只是穿着普通的棉衣、棉裤干活，打完场还得往县城里交公粮。

家离县城有三十多里路，路又不好走，送粮的车又多。钟海早上一两点钟就向县城出发，坐在马车前端的耳板上，当起车老板儿，赶着马车就上路了。马车跑上没多大工夫，钟海的脚冷得如猫咬的一般。钟海为了暖暖脚，就得下车跟着马车跑，跑上一会儿再上车，就这样反复多次，总算到了县里收粮的地方。尽管钟海赶着马车走得较早，由于路途较远，到了收粮之地，前面还是排了长长的送粮车队等待验粮。等到验完粮交公后，已经很晚了，到家时已是晚上八九点钟。吃完晚饭，还要准备好下一天要送的公粮。

在 1945 年这兵荒马乱的年份里，来到了腊月年关，大人们开始煮小豆做豆包馅儿、包豆包。小兰已虚岁两岁了，小孩子快快乐乐在炕上来回跑动，并不时向母亲要豆馅吃，没想到母亲给小兰吃多了，小兰开始拉肚子，一连拉了几天。大人们都在忙着准备过年，母亲也没有在意这些。这一天，小兰突然发高烧不退，稍后手脚发凉，等请来她姥爷看病时，为时已晚。这个刚来人世仅一年多的小兰，就这样结束了她的小生命。

小生命的夭折，给钟海和李树珍这对小夫妻带来了巨大的痛苦，好长时间才缓过劲儿来。李树珍在众人面前尽可能拂去悲伤的面孔，但在自己的小屋内却常以泪洗面。

日子还得照样过，小夫妻暗地里相互鼓励，李树珍说："我们还年轻，以后再有孩子，一定要照顾好孩子，再也不能发生这样的事情了。"钟海说："以后再有孩子，就是不要一切，也要治孩子的病！"婆婆和妯娌也都安慰劝说着李树珍。

东北光复后，潜伏的惯匪和伪警察开始结成匪伙，龙湾县附近就拉起十多股匪伙，在境内抢掠。各地土匪和武装纷至沓来，匪伙多时达三四百股，匪徒达四五千人。国民党收编这些匪伙，来袭击解放军的地方武装组织，攻打农会、民窑；劫道、绑票；抢粮、抢枪，抢马、牛、胶轮车；抢元宝、银圆和大量衣服被褥等，可谓无所不抢。

这期间，土匪到处横行，当地人将土匪称为"胡子"。当听说胡子要来时，人心惶惶，小屯的男人就把女人、孩子送到三四里外的南河套柳条通，躲起来，听说胡子走了，女人、孩子才敢回家。

当家的为了伙儿里的安全，让钟海购买了一门"老洋炮"，其实它就是一种装霰弹的土制猎枪。

这年春季一日的傍晚，钟海在院里向南看，来了一股胡子就向钟海家扑来，钟海赶紧拿起老洋炮，迅速从枪口装上黑色粉末火药，又快速把霰弹从枪口装进去，瞄准距离一百多米远的胡子，扣动扳机，霰弹冲出枪口就射向了这股胡子，胡子们竟被这突如其来的炮声和霰弹给吓跑了。

但多数情况下，由于胡子人数多，他们在暗处，而钟家在明处，所以不能轻易得罪胡子，否则那将是大祸临头的，这老洋炮可不是轻易能派上用场的。各股胡子在方圆几十里内，都清楚区域内各村屯较为富裕人家的状况。时常白天胡子们来到钟海的家，家里都要好好招待，好吃好喝一顿后，临走时还要给他们带上些好的物品。

有一股胡子，听说钟海家的伙儿里有钱，这一天，这股胡子就给当家的绑票了，说要钱买枪支用。由于兵荒马乱的，伙儿里早就没了钱，胡子就把当家的打得皮开肉绽，然后把他拉到八九里外的孙家村，说要打死他。这可急坏了家里的老太太和全家的大大小小。经打听，说这股胡子头与钟海孩子的四舅母有亲戚关系，钟海急忙骑着快马去找孩子的四舅，见到孩子的四舅，就一同去了孙家村，胡子见了孩子的四舅，知道了这层关系也就将当家的放了，伙儿里全家人这才安下心来。

钟海夫妻俩在伙儿里生活了五六年，钟海为了争取平等的待遇，曾与他大哥吵过架，但也无济于事，哥仨只好分家单过。钟海的老妈已60多岁了，老太太的赡养问题，三股儿不能达成一致，这就乱了套，只好找来钟海大姐家能说会道的大外甥来解决。钟海妻子以她三寸不烂之舌战胜所有对手，大外甥赞许地说："老舅母我真是服你了！"最后还是按钟海妻子说的办法：老太太的赡养问题，兄弟三股儿轮换居住，每一年一轮。

将伙儿里原有的房子、田地一分为三。钟海大哥家住西侧的两间房；二哥家住东侧一间；钟海家住在挨着他大哥家的一间；钟海与二哥家之间的一间两家公用做厨房。

钟海小家，这回算是完全独立单过了。因战事频繁，土匪猖獗，土匪经常在路上劫人、进屯抓人、打人、绑票。为了躲避土匪，哥仨各小家不得不都投亲靠友，搬到较大屯子租房暂时居住了。钟海一家搬到前岗子屯，租一人家的厢房暂住。

1947年农历七月初八，钟海与李树珍的第二个女儿，就在这租的厢房中出生了。这个小生命的出世，给这个小家带来了欢乐，弥补第一个女儿夭折的悲伤。妈妈给女儿取个小名——大娥。妈妈说："娥的寓意为'美丽女子'，希望女儿长大后成为一个美丽富有之人。"

节气虽然过了立秋，这秋老虎天气还是很炎热，每天做饭烧柴的烟要经过炕洞子，这火炕就更热了。再加上住的是厢房，只有西面有窗户，下午西照日，强烈的阳光照在炕上，屋子里热得像蒸笼一样。大娥出生几天后就得了"抽风"病，抽得身体缩成一团，两只小手紧紧握在一起，形成两个小拳头，嘴闭得紧紧的，不能吸奶水，眼看着大娥就要奄奄一息了。

父母吸取了第一个女儿生病时没有重视而酿成灾祸的教训。父亲冒着被土匪抢劫、绑票等危险，起早贪黑去几十里外的地方取药。取回药后，母亲用小勺撬开大娥的小嘴往里灌药。父亲冒着危险共取药十来次，经过母亲精心的照料和调理，大娥的病慢慢地好了。邻居们都说，这孩子的命是从死神手里夺回来的。

1948年10月19日人民解放军进驻省城，11月东北全境解放。年底，境内土匪基本肃清，闹土匪的事儿也基本就没有了，钟海一家搬回了小屯里住，钟家屯的家家户户，终于可以平静地生活了。

1949年10月1日，中华人民共和国宣布成立，龙湾县城里进行了庆祝。就在这喜庆日子后的10月26日（农历九月初五），钟海家第三个女儿出生了，取小名二娥。

父母带着两个女儿过着日子，转眼到了1951年，这年农历五月十三，钟海家出生了第一个男孩。母亲给大儿子起小名叫"大郎"。母亲说："'郎'字是对男子的尊称，希望男孩长大后，能成为受人尊重的男子汉。"

天气不断炎热起来，母亲让父亲买来"悠车子"。这悠车子约三尺多长、两尺多宽、一尺多高。两端均呈半圆形，其形如小船状，壁板是由椴木薄板煨制；底是由结实的木板钉作；壁板外侧涂有红色油漆，绘制彩色花朵、花纹；壁沿上安有四个铁环——悠车子耳朵。父亲用两根麻绳子，从底兜过来系扣在悠车子耳朵上，然后套入挂钩悬于房梁上。原来屋里的蚊子、苍蝇老是往大郎的脸上落，影响孩子睡觉，这回大郎放在悠车子里一悠，这些小飞虫就靠近不了了。夏天天气热，小孩子睡在炕上好上火，可放在悠车子一悠，立刻就凉快了，有了这悠车子照看小孩儿可就方便多了。这可是东北的"三大怪"之一——养活孩子吊起来。

大郎3岁的时候，大腿根长了一个大疙瘩，肿得非常厉害，疼得白天黑夜里都在哭闹。李树珍用新杀的猪肉片给他贴上，也没起到什么效果。母亲就怕大郎有什么灾祸，总是抱着大郎在屋里走。晚上妈妈不能躺下睡觉，只能靠着炕上里边墙那坐着，或抱着大郎下地走，这样大郎才能少哭一点儿。好几个晚上妈妈都没能睡上一个安稳觉。大郎的病好一点儿时，妈妈也熬病了。年关到了，淘米、蒸豆包等活儿接踵而至，此时妈妈只能每天靠吃一片"正痛片"坚持干活。

转年的夏天，小屯里的小孩开始出疹子，这种病是小孩子的传染病。钟海家三个孩子——大娥、二娥、大郎一块出了疹子。人们说这种病毒是从人的骨头里向外出的，非常难受的一种病，浑身起小红点儿、发烧、怕风。如果体质好的人出得还快些，体质弱的人，很长时间也出不来。这种病的死亡率也特别高。三个孩子一起生病，这病又不能打针，妈妈常常给孩子喝点儿热乎水。大娥出完疹子后，双眼一直睁不开，听说二十几里之外的金塔那边有个人会看这种病，父亲就背着大娥走了二十八里路，找到那家诊所给大娥看病。诊所的先生（医生）给大娥吹了吹眼睛，用一种药洗一洗，回来后大娥的病才慢慢好了起来。孩子闹腾了一个多月的时间才好，父母才过上正常的生活。

农闲时，附近屯子有唱野台戏的，十里八屯的人都争着去看戏，可是妈妈从来没有去看过，她总说家里有活，没有时间。趁着这农闲时间，还要做衣服、做鞋呢。看着别人的妈妈拎着孩子去看戏，大娥就磨着妈妈带她去看戏。妈妈说："我给你们讲'瞎话儿'吧。"这"瞎话儿"可不是指"假话、谎言"。"瞎话儿"是东北方言"故事"的意思，讲"瞎话儿"就是讲故事。妈妈在娘家读过许多历史故事书，看的书多了，哪个朝代的事情，妈妈都知道。她一边做针线活儿，一边滔滔不绝地给孩子讲"瞎话儿"。有《隋唐演义》《三国演义》《杨家将》《呼家将》中的片段；有孔融让梨、岳母刺字等很多故事。如果当天没有讲完，有空闲时就接着讲。

妈妈还教大娥背《百家姓》、《三字经》、二十四节气歌等。家里住的是土坯房，墙是由土坯砌成的，在土坯外面抹上黄泥。妈妈一边纳鞋底，一边用锥子往泥墙上写字教孩子认字，大娥没上学之前就认识了对人称呼的字几十个。

时间到了1957年，钟海家二郎、三郎和三娥已相继出生。此时，父母都步入中年——35岁，这个家庭也已是八口之家了。六个孩子都相差两岁，最大的大娥才11岁，小的刚出生。孩子多了，一铺炕住不下了，父亲就在屋里搭了个半截北炕，大孩子睡在北炕上，北炕上一端还放着父母结婚时做的那口木柜。

父亲每年都在伙儿时的场院里，种上一种经济作物——线麻，将线麻皮扒下来分出好坏几等，好的留着去集上卖点儿钱花；中等的妈妈纺成麻绳，纳鞋底用；差的父亲就用来做搓捆柴火的绳子。

冬天的晚上，妈妈坐在炕上的洋油（煤油）灯下，给大人和孩子做布鞋。父亲在地上扒麻秆儿，孩子们从不知道父亲和母亲啥时候睡的觉。早晨屋子里特别冷，外屋地的水缸天天结冰，妈妈早晨起来做饭时，要用菜刀砍几下，才能砍出水来。由于家庭经济条件差，孩子们都无内衣内裤，每当早上起来穿衣服时，孩子们最怕凉了。凉了一夜的棉衣棉裤，穿时贴着自己的肉皮儿，那个凉的滋味儿真是好难受呀！孩子们穿棉衣棉裤时，总是发出"哎呀哎呀"的叫声。为了让屋子暖和一点儿，妈妈总是早点起来做饭，父母把孩子们的棉衣棉裤放在他们的被窝里暖着。当孩子们起来穿衣服时，就不再"哎呀哎呀"地叫了。

　　钟海一家人生活在十几平方米的小屋里，父母每天辛勤劳作，带着一家大小过着拮据的日子。

3

1958 年春季，钟家屯所在县掀起抗旱高潮，先后共挖五百余口大井，但因地下缺水、设施又不配套，全部荒废。

这年秋季，钟家屯的人家搬空了，只剩下钟海家没有搬。只因钟海家 4 岁的三郎，生了一种罕见的疾病——膀肿。只见三郎浑身肿得像要裂开似的，他还特馋小鸡肉吃，由于当时小鸡都拿到生产队一起饲养，父亲为了三郎，找到了生产队长钟喜大伯，把三郎的情况告诉了他，大伯当即让父亲抓了一只小鸡回家，给三郎炖熟了吃，但病情还是不见好转。三郎的眼睛肿得都睁不开了，几天不吃不喝，病情越来越重，眼看着三郎命在旦夕了。父亲与二伯用悠车子把三郎抬到县医院给三郎看病。有时到医院找不到先生，他们都下去深翻地去了，父母只好在医院等着先生，看完病回到自己的家中已经很晚了。钟家屯只有生产队里有人住，天一黑屯子静得可怕，奶奶带着几个孩子，围在洋油灯下等着父母回来。

有一次，妈妈抱着三郎走进屋里时，带着一脸的笑容，妈妈把三郎放在炕上，姐姐和哥哥看见三郎的眼睛睁大了。妈妈说："这回可是治对症了，是个年轻的小先生给看的，给拿瓶药水，叫'利尿合剂'，先生说给他按瓶上的刻度喝下，如果路上撒尿病就好了。喝药后，一路上撒了几泡尿，看着眼睛也逐渐睁大了，这回三郎可有救了！"妈妈按着先生的嘱咐，给三郎喝了这瓶药后，三郎的病就全好了，钟海家随后也就搬到前岗子屯去住了。

奶奶很喜欢三郎，不知是三郎乖还是他嘴甜，奶奶到大爷家小住时，常常也会带着三郎一同去，这可要走上六七里地。奶奶怕三郎累着，就背着 4 岁的三郎，走到南桥时歇一会儿，然后继续走，再歇一两次，才会走到大爷家。要知道奶奶可是两只小脚，踩着脚趾头，用脚后跟走路，走路一扭一扭的多不容易呀！大爷家住在西屋，东屋住的郭姓一家，有两个小男孩，一个叫仓子、一个叫囤子，岁数与三郎差不多。三郎到了那儿不一会儿，就与仓子、囤子一起玩耍了。傍晚二大爷家二哥骑着自行车，去大爷家接三郎，三郎斜坐在自行车前梁上，压得他屁股好痛，二哥还幸灾乐祸地笑呢。

搬到前岗子屯后，钟海在临时生产队里干活。

钟海家 12 岁的大娥，每天去大食堂打饭菜，大食堂管理人员，按每家每户的人口多少分发饭菜。主食多为苞米面大饼子、高粱米饭；蔬菜就是没有多少油水的白菜汤、萝卜汤、土豆汤。大娥总是小心翼翼地将一盆饭、一盆菜提回家中，妈妈将大娥打回的饭菜分给六个孩子先吃，自己最后吃。虽然饭菜不是很可口，但这是大食堂的，还不要钱，孩子们争着抢着吃。若是亲戚来家里串门，远道的就得到大食堂领一份，近道的就得回家去吃了，因各家各户家里，都没有了粮食和蔬菜。

大娥正在小学读书，学校在前岗子屯以东一里多地的拉拉屯七队。上学时，大娥用一块花格布包着书。由于家里的经济条件不好，除交给老师批的作业本是买的，平时都是买便宜的纸自己订成本用。为了省钱，练习本都是两面用。有时考试时，同学给两张带格的纸时，大娥真是高兴得不得了。大娥用的笔，是一个笔尖安在细木杆儿上的蘸水笔，墨水是两分钱一片儿的蓝色片泡成的。

1958 年年底，李树珍又怀孕了。

1959 年农历八月廿四，钟海家又添了一男孩儿——四郎出生了。此时，钟海家已有了七个孩子，妈妈已经 38 岁了。妈妈说："这回孩子可够数了，'都来'了，再不要了！"小四郎有几个与三个哥哥不同的特点：小脸蛋总是像受冷后的"煞白"色，大概与母亲怀孕期间缺少营养有关；右眼眉外沿有一束较长的眉毛，妈妈喂奶时，常将这束"高耸"的眉毛抿倒，并亲亲四郎的小脸蛋儿；小四郎的耳朵豁儿特别窄，几乎挨上了，能夹住一个麦粒，妈妈说这样耳朵的人有福。

四郎出生没有多日，钟海一家就搬回钟家屯住了，妈妈用围裙兜着小四郎回到家里。在大办食堂时，遵照上级指示精神：食堂必须自己种菜，自己养猪，大搞副食品生产。钟家屯成了养猪场，父亲回来后就在养猪场劳动干活。

父母带领七个孩子省吃俭用，总算熬过了 1959 至 1961 年"三年困难时期"的难关。七个孩子，没有一个被饿死。四郎两三岁了，什么都能听懂，可是不会说话，家人以为他成了小哑巴了呢。妈妈喜欢四郎，总是说："'贵人语话迟'，这孩子长大后一定有出息！"

1961 年钟海家仍住在由伙儿分家时分到的老房子里，奶奶又轮到了他家里住。奶奶喜欢三郎，晚上就和他住在一个被窝。奶奶有个习惯，每天半夜起来在屋顶上挂的"把斗"里取出一块蛋糕吃上几口，剩下的放到三郎的嘴里，三郎就感到嘴里香香的甜甜的东西，吃着吃着进入了他的梦乡。白天奶奶出去剜菜，三郎总是跟在奶奶身边。奶奶干活有个习惯，总是将舌头伸出齿外。三郎也学着奶奶，久而久之，三郎也形成了这个习惯——参参嘴。妈妈一看到三郎的这个动作，就提醒他让他改掉，三郎可是费了好大的功夫，才改掉这一习惯的。

钟海是一个"爱动脑筋"的人，一天总是琢磨着勤劳致富，如何养活一家的大大小小。这一年，钟海在房前园子里一小块地上，栽上几十棵白菜栽子，菜籽成熟后打了十几斤白菜籽。正好这年的白菜籽昂贵，有人买一斤白菜籽花一百元钱，向黑龙江省贩卖。白菜籽赶上好行情了，共卖了一千多元钱，这对钟海家来说，是一个天文数字，夫妻俩真是高兴得不得了。

钟海一家从两口之家到了九口之家，有了这笔钱，夫妻俩商量准备盖大一点儿的住房。根据资金和实际所需，计划盖三间土坯平房。钟海向大队申请，批下了房场，就在老房子前边一百多米处。紧接着，钟海赶紧请来乡亲，在南甸子上挖坑，或在已有的脱坯坑里和泥脱坯，准备来年盖房用。

冬天到了，钟海就去百里之外的松花江边，买来芦苇留着来年编房箔；到外地杨树林的地方买木头做房梁、檩子、柱脚、椽子。听说松花江边不远处土山上有一二尺厚的石头，钟海就来到这里自己凿石头用于盖房子时做柱脚石。

钟海家到松花江那边要走上百八十里路程，其道路都是些乡间土路，坑坑洼洼不好走。钟海每次去都是赶着马车起得很早，而贪着大黑的天才能回到家里。家里人哪知道有多远的路呀，孩子们在家里盼着父亲早点平安回来。

有一次，钟海随拉木头的车买了一头小猪羔回来，第二天早上，趁人们不注意时，小猪羔偷着跑了，钟海妻子发现后就跟着小猪羔追赶，追到屯子前边的南沟子冰面上时，沟子上的冰特别滑，钟海妻子一不小心，摔倒在冰上，手脖子摔断了，不敢动了。回家后钟海妻子自己用酒洗一洗，用偏方敷上，用另一只手照样还得做饭、做家务活。钟海妻子手脖子聚起一个大筋包，落下了病根，每当干重活时就疼痛难忍。

父母一天天筹划着、操劳着盖房子的大事儿。

4

1962年春天，家里请来了小屯陈木匠砍木架子。这木架子包括许多材料——柱脚、大柁、檩子等。三间房需要四挂柁、八根柱脚、二十一根檩子，还有不计其数的椽子。木架子做得差不多了，又请人来编织苇子房箔。

这盖新房的场地，就在伙儿时的老房子前面一百多米处。新房场处人来人往、好不热闹。这些材料准备完后，就要准备盖新房子了。

小屯里贫穷的人家盖房子用的是秫秆儿做房箔；而富裕一点儿的人家则用苇子做房箔，即美观又抗腐烂耐用。

选好黄道吉日，盖房子这天，小屯劳动力趁着歇气儿的时候，都来帮忙。先竖起房架子，然后再安装檩子等。三间房子中间"大梁"——脊檩，贴上用红纸画的阴阳鱼八卦图，并拴着用红布条红线系着的三枚乾隆大铜钱，八卦图旁边拴着一挂长长的鞭炮。主事人喊一声："吉时已到，上梁放鞭炮！"随着鞭炮的响声，"大梁"平平稳稳地徐徐升起，房架子上的两个人将"大梁"接住安装就位。掌尺的老木匠让人们逐个地将柱脚木、扠杆子全部检查一遍无事，午时之前上梁的活儿就全部完成了。家里早已准备好农家饭菜和大碗酒，等着竖房架子的社员们吃饭。酒足饭饱后，社员们也到了下地干活的时间了。

找帮忙砌墙的人下午接着干，用了两天多时间就把房子框架盖完了。木匠又将做完的木门、木窗安装完毕。剩下的活——搭炕、垒锅台、抹墙等，就由父亲自己来干了。最后父亲将房子前脸与窗扇都刷上了蓝漆，崭新的三间平房就矗立在小屯前趟房的东头。

东北房子的特点是：房子的四个角由柱脚支撑房盖，即使山墙倒了房盖也不会掉下来，叫作"墙倒房不倒"。每间房盖共有七根檩子，南北两根檩子在房檐下的山墙里看不见，只有五根檩子露在外面，这叫"明五暗七"。

说起这柱脚下面的"柱脚石"，还有"上马"与"下马"之分。"上马"就是将柱脚石放在地面之上，而"下马"就是将柱脚石埋在地下。家里的房子在设计时是"上马"柱脚石，这样做的柱脚木就要短些。然而在立架子前，木匠误将柱脚石按"下马"实施了。等立完了架子上了"梁"后，才发现柱脚石搞错了，已没有办法修改了，这样房子照设计时低一尺来高，房子盖完后就显得矮些。

由于房子相对矮些，屋里也就不能"吊棚"了，在屋里直接就能看到房扒上的五条檩子和用苇子纺织的房箔。每提到这事，父亲总是一顿唠叨话——这陈木匠可是真糊涂，竟把上马柱脚石弄成了下马柱脚石！

房子盖好了，父亲又在正房东南盖了两间下屋（仓房）。房前房后夹上秋秆儿障子，就把院子与园子隔开了，家里养的鸡鸭鹅猪狗，就进不了园子里了。

父亲去供销社买了一口十二印大锅，新买的大锅和原来用的一口八印锅，安在了预留的锅台腔上，大锅用于做饭做菜，小锅用于馇猪食。

父亲在沿着炕沿挂上一个幔杆，用于搭晾手巾、衣服等物品。母亲将木门、木窗框扇糊上窗户纸，再用麻油涂上。一切办理妥当，一家人就赶紧搬到了宽敞的新家，这可是全家大人与孩子早就期盼的——独门独院的家。

三间房东间开门、做外屋地（厨房），中间一间外屋，父母与小孩子住，西边一间里屋，大孩子住。

搬来的主要家当放在了外屋，父母结婚时做的那口木柜放在北面墙前，柜面的底色呈枣红色，前脸画着套环，中间画着黑色的云彩卷。柜上放置一面大镜子，镜子两侧放置两个两尺多高带有蓝花的掸瓶。掸瓶上方两侧各有一个耳朵，在耳朵处插着五颜六色的鸡毛翎掸子；柜上还放置一竹皮外套的"歪腚"暖瓶——用的时间长了，底座一处烂了，所以立在那歪歪着；这就是新家屋内的主要摆设了。腌白菜的大缸放了里屋，家里乱七八糟的东西则放在了下屋。

孩子们自然是欢天喜地，大娥、大郎高喊："我们有新家了！我们有新家了！"父母也是乐在心里、喜上眉梢。这九口之家，就在这独门独院里开始了新的生活。

人们常说"一家发财，十家怨恨"。这不住在后院的同宗，看到这新房，就满心嫉妒。偷偷在家后院出入的路口，挖沟叠坝，把家里挟好的障子给拔掉，家里养的大鹅出去时，偷偷打死。妈妈发现了是谁干的坏事儿后，就找到那人与他辩理争吵起来。父亲知道了，还压制妈妈不让与人家争吵，说都是同宗，与人家吵架让外人笑话。妈妈只能整天忍气吞声，吃不好、睡不好。后来妈妈气出了肝病，脸色蜡黄，浑身无力，最后做饭时也得在炕沿边躺下，歇几次才能够做好饭，病情非常严重，后来吃了几个月的中药才好起来。

1962年8月，小屯恢复分给社员自留地，还允许社员开小片荒和饲养一定数量的家畜家禽，恢复农村集市贸易。钟家屯人少地多，每人分得二三分自留地。小屯人称自留地为"小秧棵地"或"小园田地"。小秧棵地和家里的前后园子种什么、怎么种，都由各家各户自己来决定，所得到的收成由社员们自家享用。

父亲知道这一政策后，高兴得不得了。在小屯率先开起了"小片荒"，起初开荒的只有两家，另一家是屯西头的六大爷家。父亲带领大郎、二郎和三郎，起早贪黑地开垦了四块"小片荒"。最大的一块是东沟子，其他三块是前岗子屯的地边、小漫滩和南小壕，共开有五六亩地。在这小片荒地里，父亲种上了苞米、高粱、胡萝卜、向日葵等作物，秋天就有了丰厚的收成。每年收获大约八九斗粮食，够家里一个大人一年吃的。父亲将开荒地里种的胡萝卜洗净、葵花籽炒熟到集市上去卖，用这些换来的钱给孩子们买布、袜子、头巾等。

种小片荒地，付出辛苦就会有收成，但有时管理不当，就白白付出了辛苦。有一年，在前岗子地边那片地栽了地瓜。父亲骑着自行车，到三十里路的县城买回地瓜苗，这年地瓜大丰收，一共起了三麻袋地瓜，父亲为了来年食用，在园子里挖了一个地窖，把地瓜放到里面，然后用土盖上，哪知道这样做不科学，到了第二年春天把窖起开一看，地瓜全变质了，连猪都不吃，父亲一副愁楚的样子，家里人谁也不敢吱声。

还有一年，在南小壕地栽完茄子秧，父亲告诉三郎每天早晨把茄苗遮上，免得太阳晒着，到了太阳落山前，再把遮盖物拿下来，有利于茄子秧生长。每天上午三郎在东地里摘些麻果叶或向日葵叶把茄苗遮上，然后周围盖上地，防止风把叶子刮掉。由于地旁都是杨树，茄子秧也没长好，只收获了一堆小茄包子。

小片荒地多了，父亲自己用镐打垄背地，就干不过来了。这时，常常等孩子们中午放学吃过饭后，几个孩子一起去拉犁，父亲在后边扶犁耪地，耪一会儿孩子们再去上学。大郎、二郎、三郎、四郎、大娥、二娥、三娥都拉过犁。一次拉到了地头上，三娥一使劲儿，腿被柳条墩子的茬子划出一条深深的口子，出了不少血，后来留下了一个较大的伤疤。

1962年腊月十四这天下午，父亲到生产队里挟来一捆谷草，领来屯西头的老牛婆（接生婆）老王太太到家里，随后后院的二娘也来了。父亲掀起了炕头的席子铺上谷草，用席子挡着，生怕别人看到——这就成了妈妈的"产房"。小屯女人生孩子，都是在家里生。傍晚时节，妈妈产下了四娥。此时，妈妈已41岁，虽然已生产过八个孩子，但生四娥时昏迷长达半个多小时，之后才醒人事儿，这给妈妈的身体造成了严重的伤害。在生第八个孩子四郎时，妈妈曾说过："'都来'了，不再要了！"可是到底又来了一个——凑成一家的四兄弟、四姐妹。

家里成了十口之家的大户人家，最大的孩子大娥才16岁。孩子们看见炕上又多了一个小孩，便问妈妈小孩是从哪来的。妈妈说："是你爹从南沟子边上刨出来的。"他们就信以为真了。当然，他们也怀疑过，为什么没有刨掉胳膊和腿呢？这冰天雪地的，也没有冻着呢？

腊月正是年前最忙的时候，妈妈还得天天照样做饭、淘黄米、蒸黏干粮，妈妈并没有休息几天，就和大孩子一起包豆包，干着家务活，妈妈因而得了"产后风"病，落下了病根——头痛经常出虚汗，每到冬天做饭、喂猪，总得头戴个大棉帽子，否则见风就头皮肿。

妈妈用一种"路路通"的中药进行治疗，但也没有根治。这之后，常常头痛，妈妈就吃"正痛片"，一天吃上一片，头痛就减轻了。

孩子们看到妈妈装物品的"小皮箱"里，装着一种似小海棠果大小，由多数小蒴果集合而成的小果，表面棕褐色，有多数尖刺及喙状小钝刺，小果顶部开裂，呈蜂窝状小孔。孩子们觉得这种东西的长相很奇特，就问妈妈这是什么。妈妈说："这叫'路路通'。叫白了也叫'六六通'，能治妈妈这头痛病呢。"

小屯有一纪姓人家，家里只有三口人，夫妻二人和一个女儿。夫妻现已40多岁，在生女儿时，妻子落下了病根，不能再生育了。一家三口有一个劳动力，在小屯的生活条件属于上等。纪家主人在兄弟里排行老三，小屯都管他叫"纪老三"。

一天，纪老三来到家里，跟父亲说："我今天来找你有一事，很难说出口啊。"父亲说："三哥，咱们乡里乡亲都多少年了，我还不知道你的人品？有什么事你尽管开口，我能帮忙一定尽力帮忙。"纪老三说："老弟呀，你和你家里的商量一下，我想把你家的四郎领走，给我当儿子，你们看看行不行？"父亲说："原来是这事啊！那得和我家里的商量一下。"纪老三也就没再多待，回家去了。之后，父亲向妈妈把纪老三今日来串门，想要四郎的事儿说了一遍。妈妈沉思一会儿，说："我们家虽然有八个孩子，可都是我的心头肉啊。唉！这纪家生活条件倒是比咱家好多了。"父亲说："这事儿也不着急，我们再考虑考虑。"这天晚上，妈妈翻来覆去睡不着觉，思考着四郎的去留。鸡叫三遍了，母亲对父亲说："我一夜没睡着觉，就寻思四郎的事儿了。四郎的事儿，还是你拿主意吧。"父亲说："我也是想了又想啊，要么就把四郎送给纪家吧，都在一个屯子，也能常看到孩子，四郎到了他家，不是进了福堆了！"妈妈没再说话。

　　第二天，到队里干活时，父亲就家里的决定告诉了纪三哥。这天中午，纪家夫妻来到家里就把四郎接走了。这一夜，母亲可是整夜没有合眼，孩子接走了三天后，母亲就对父亲说："快把四郎接回来吧，不然我就得想死了，我实在受不了了，我整夜都睡不着觉，一天跟没了魂似的。"父亲看着母亲整天无精打采、哭哭咧咧，心里也是十分难受。父亲说："那我就与纪三哥说一下吧。"这样，父亲就向纪老三说了四郎他妈如何想四郎的事儿。纪老三听说四郎的妈妈这样想念孩子，就把四郎抱了回来，并说些安慰的话。妈妈对纪三哥说了些歉意的话，这事儿到此也就结束了，两家的关系仍像从前一样。

　　1963年家里的生活渐渐有所好转。这年夏天，大娥上初中读书了，小屯有七八个人考初中，就她一个人考上了，令全屯的老老少少们刮目相看。母亲让父亲上街给大娥买一个书包，大娥非常高兴，这是大娥第一次用上书包，在小学大娥一直用一块花格布包着书。

　　上初中的大娥，上学每天都要往返走上八里路的"毛毛道"，中午带饭，母亲每天早晨做饭时，给大娥做个大饼子带上。大娥每天通校，早上太阳还没出来，就得向学校走，晚上5点多钟放学。夏天还好，没落日头，冬天放学时天就黑了，走到家6点多钟，母亲每天把饭热在锅里等着大娥回来吃。

　　后来大娥住校，学校的食堂每周末都要改善一下生活，说是改善生活，也就是主食发给两个馒头，她从来舍不得吃，带回家分给弟弟妹妹们品尝。弟弟妹妹们吃着有发面的味道、口感香甜的馒头，在嘴里嚼着舍不得咽下。

　　大娥在学校里的学习成绩一直领先，是老师心目中的三好学生。同学心目中的学习标兵。特别是数理化学科的学习成绩让人叫绝，逻辑推理严谨，总是一套一套的，叫你不得不佩服。她的文科学习成绩也很突出，三郎经常翻阅她的学习笔记，笔记里记着："好青年志在四方，经风雨冒寒霜终于百炼成钢；明日复明日，明日何其多……骄傲是学习中的拦路虎……乌鸦反哺，羔羊跪乳，何况人乎？……"这些闪光的句子对三郎的成长影响很大。大娥不但学习好，还积极参加学校组织的各种课外活动，担任学校的文娱部长，善于组织和演出文娱节目。

　　这年家里经济条件有所好转，买来座钟，座钟外面呈紫红色，座钟门上下有两个圆形玻璃，透过上面圆形玻璃里有表盘，表盘上刻有罗马数字：Ⅰ、Ⅱ、Ⅲ、Ⅳ、Ⅴ、Ⅵ、Ⅶ、Ⅷ、Ⅸ、Ⅹ、Ⅺ、Ⅻ。孩子们看着家里的座钟，从小就认识了罗马数字。

　　座钟一点钟打一下——"当"一声，两点钟打两下——"当当"两声……十二点就打十二下。那可是要打上不短的时间呀！白天打得响不是那么响亮，而到了夜深人静的时刻，座钟打的响声可就特别响亮了。孩子们就是在这"钟声"中入睡，但不会因钟的响声而被敲醒。偶尔半夜起来撒尿也会听到这"咣咣"的钟声。有了这座钟，父母就能更好地掌握时间了，早晨起来，也不用再依靠听鸡打鸣来报时了。

父亲是个有经济头脑的人。在自家的自留地、小片开荒地和园子里，每年都种上各种经济作物，如菜籽、旱烟、大白菜、大萝卜……等它们成熟了，拿到集市上去卖钱；养猪、养鸡鸭鹅卖钱，有几年家里还养兔卖钱。

父亲是个勤劳的人。无论春夏秋冬，总是老早就起来，通常干一会儿家里的活再去生产队上工。父亲在生产队不论当组长领着社员干活，还是当社员，种地、铲地时，干活歇气儿了，他也从不闲着，四处捡柴火，收工回家总是拿着一捆柴火。冬季早晨起来，总是绕着屯子捡一筐粪回来再去上工。冬天下雪前，父亲也闲不着，晚上队里歇工了，他就利用月光，挑着大筢与大筢帘子，到沟边、林带边搂干草做烧柴。下雪了，就用镐头刨下已废弃的树根用于烧柴。父亲一天起来，没有一时一刻的休息，甚至抽着烟还在干活，但总是看不出他有疲倦的样子。

父亲是个心灵手巧的人。他会做农民做的各种活儿，用他磨出厚茧的大手，编筐、编炕席、扎笤帚、扎刷帚等，各种材料经过他的巧手加工，都会成为实用的物品，有些可以拿到集市上去卖钱。

父亲是个有亲情的人。在前岗子住时，吃完中午饭，父亲经常把4岁的三郎叫到他的跟前，他躺在炕上，让三郎骑在他的肚子上，一边挺着肚子一边说："骑大马上界外，你马没有我马跑得快；骑大马上龙湾，你马没有我马跑得欢……"奶奶轮到家里住时，父亲总是对奶奶问长问短，奶奶生病时，父亲总是在一旁唉声叹气；每当大姑、三姑来家里串门，父亲总是热情招待；每年一有空闲，都要去住在四十多里路的大姑家、住在界外八九十里路的三姑家看望她们；与他当年"磕头的"中的车大爷、林大爷、刘叔叔等也常有来往。

父亲是个有远见的人。孩子念书时，从来没有因为交不起学费而辍学，每当家里没钱交学费时，父亲总是出面与校长周旋，告诉校长等几天，我们家卖了下一茬鸡蛋保准把学费交上。八个孩子最低读完了初中，有的读完高中，有的上了大学。

父亲抽烟不喝酒，吃饭从不挑食，但脾气较大。父亲回到家里，看到院子里埋汰了，就会嘟囔着那句老话："你瞅瞅，这院子膪膪的！"孩子们如果在家，就得赶紧去打扫，不然就得挨父亲一顿骂。在队里干活回到家里，如果看到妈妈没做好饭，不是发火，就是撅脸子。

母亲是个能说会道的人。母亲与人唠嗑总有一个口带语儿——"说啥有啥"。和左邻右舍的邻居一起唠嗑时，常常咂咂嘴，附带舔舔嘴唇。

母亲讲起故事来，那真是滔滔不绝。母亲的外号叫"李铁嘴"，母亲也完全配得上这一称谓。

母亲是个会过日子的人。母亲平时从不乱花一分钱，大孩子的衣服小了，就给小孩子穿，衣服破了就用针线缝上，有句嗑儿："新三年旧三年，缝缝补补又三年。"衣服都是小孩子接着大孩子的穿，小孩子是很少买新衣服的。母亲常说："外面有个搂钱的耙子，家里得有个装钱的匣子。"母亲还说："勤是摇钱树，俭是聚宝盆。"常常教导孩子们"勤"与"俭"同样重要，一家当中，男人与女人同样重要。

母亲是个爱孩子的人。母亲虽然养育成活八个孩子，但她都给予了每个孩子同样的母爱。母亲哄孩子的儿歌或游戏，那可是不少呀——《拉大锯》《斗斗飞》《顶牛哞》……这不，大娥、二娥、三娥都学会了，用来哄弟弟、妹妹。家里有时来客人了，姥爷家、舅舅家、大姨家、姑姑家、父亲的把兄弟等。客人用餐时，孩子是不能上桌的。等客人吃完饭剩下的总是留给小孩子吃，小孩子吃着剩下的白面饼、破皮饺子或大米饭，感觉那个香啊！

母亲是个注重亲情的人。全家人一年当中，只有过节日时能吃点儿好东西。但一家十口，谁几月几日过生日，母亲都会记得，母亲就会给谁煮一个鸡蛋。就会看到母亲拿下木柜盖，在柜盖里面揉面、擀面，最后用菜刀"咣咣咣"地切面条，过生日的人可吃到一个鸡蛋，外加一碗打卤面条，剩下的一点儿面条，小孩子就能沾上点儿光了。

早晨起来，孩子们时常吵架、疯闹，母亲在厨房做饭听到了，就生气拿着烧火叉子向孩子们叉过来，但一次也没叉到孩子，她只是在吓唬孩子。母亲爱孩子，但从不惯孩子。母亲常说："惯子如杀子。"生气时常说："瞅你，一点儿精神头儿没有，像被殃打了似的。""我能得你们哪个孩子的济？你们能一头把我拱到五台山上去呀？""日头都照到屁股上了，还不起来？"……

姥娘去世后，姥爷续了弦，姥爷后来也去世了，后姥娘和先房家里小老舅，还常来家里串门，母亲都是好生招待。住在前屯的大姨，也常来家里串门，小孩子都记得大姨患有一种咳嗽病，一咳嗽憋得像是上不来气似的，长时间不好。这时，母亲就会给大姨捶捶背、端点儿水喝，压压嗓子。姥娘和姥爷去世后，母亲有时也会回到娘家小住，回来总会说她与娘家三舅母和大舅家四嫂最对劲儿，跟她们能唠到一块去。

父亲脾气不好，大男子主义。一次母亲到大姨妈家串门，晚回来一会儿，父亲大发脾气，要打母亲。父亲与母亲偶尔吵架时，母亲生气了就收拾好东西夹着包回娘家去了。母亲聪明记性好但不记路，有几次走出小屯，向着西北走了一段路后，就走向了北面的屯子，没有找到娘家，最终还是回到了家里。孩子大了，父母吵架时，孩子们总是劝说他们，吵架也就少了。

母亲有牙痛病，一着急上火就犯病。犯病时就用棉花蘸上药水咬到牙痛之处。有时腮帮子肿得老高。俗话说：牙疼不算病，疼起真要命。牙痛病可是没少折磨母亲。

家里褥子不够铺，晚上就直接睡在炕席上，孩子们都没有穿衬裤，肉皮直接挨着炕席睡，早晨起来一身炕席花子纹状硌出的印花，好一阵工夫才能消失。

十口之家，主食以小米饭、高粱米饭、大饼子为主。只有逢年过节，才能吃上白面做的饼、花卷儿，偶尔会吃上一顿大米饭。哪个小孩子有病了，一般是不打针不吃药的，母亲总会说："馇点儿大米粥喝吧。"说来倒也神奇，孩子喝了母亲馇的大米粥，肚子吃得饱饱的、身子暖暖的，病也就好了。

平时一日三餐，早餐一般是苞米面大饼子。大饼子贴在饭锅内，下面炖菜或煮粥。午餐小米干饭，一般都是用笊篱捞饭。晚餐苞米碴子粥，有时放些芸豆。小米干饭加上土豆炖茄子，那可是孩子们最爱吃的饭菜，一年总是吃不够。捞的小米饭黄洋洋、肉透透的，绵软可口，远在大门口就能闻到香味。那黏糊糊的米汤用于做菜，剩下的给孩子们喝，好喝极了。

大多时候是饭锅下边炖土豆、倭瓜、豆角等菜，上边贴大饼子，等菜炖好了，大饼子也熟了。大饼子接触菜汤那地方，挂着一点细腻的气泡泡儿一样的油珠儿，沾有油星儿和盐味儿，吃起来又软又香又有点儿咸味儿。做大饼子常常与菜一起做，这样可以节省柴火，也可以节省时间。最适合与大饼子一起做的菜就是土豆炖豆角了，先把土豆、豆角炖一会儿，然后再贴大饼子。大饼子最好吃的部位就是与锅接触的那一面，叫大饼嘎巴。孩子们常常先吃掉大饼嘎巴，再吃大饼子的其他部分。

为提高大饼子的口感，母亲总是换着样做大饼子。有时母亲就剁些酸菜、白菜等，做成有馅儿的大饼子；有时掺少许黄豆面做成的大饼子，那可是别有一番香味儿呀！

孩子们常常看到母亲往灶坑里添柴火，一棵苞米秆儿接着一棵苞米秆儿去添，见灶膛里红色的火苗舔着锅底儿，烤得母亲的脸红红的。母亲围着锅台边，那房顶上的烟囱冒出的袅袅炊烟，一年三百六十五天，每天三顿或两顿饭，总是扎着蓝色的围裙在忙碌着。吃完饭后，将刷碗、刷锅水——泔水，倒入馇猪食的大锅里。

母亲长着漆黑的头发，丰富又光亮，脑后梳个疙瘩鬏儿，用黑色的洋头绳扎上，别了根银簪子；手脖上戴着白银手镯；耳朵上戴着白银耳坠。母亲年轻时常常穿一身花布衫小褂；中年时常穿一身蓝色的带大襟布衫，在右大襟腋下纽襻儿系着纽扣，纽襻儿与纽扣是用布缝制的圆条，纽扣是圆球状的结，俗称"蒜头"疙瘩。

母亲与邻居总是能够和睦相处。家里的西院邻居家孩子——凤子和东子，他们是三娥和四郎的小伙伴儿，那是家里的常客，一天长在家里，母亲从来不烦他们。

5

1966 年春季，正在读初中三年的大娥，马上就要毕业了。大娥学习成绩一直保持本年级的前三名，经常受到老师的表扬和同学们的赞许。二娥也在大娥的学校读初二，学习成绩也不错。要知道，此时的小学升初中入学率，只有百分之二三十，可以看出大娥与二娥姐俩在小学的学习成绩都是拔尖的。姐俩上了初中，都能努力学习，都加入中国共产主义青年团，积极参加学校组织的各种活动，在一次长跑中，姐俩还取得了前十名的好成绩呢。

大娥初三马上就要毕业了，她已报考了本县的卫生学校，并已检查完身体，就等一个多月后初中毕业读卫校了。大娥早就期待念完书，早点儿工作挣钱，帮助家里解决经济困难。

1967 年三娥上小学了，回来与家里人说："我们班有一个男生，学生都管他叫'赵光腚子'。"三郎说："我知道，他是七队的，他们家有七八个孩子，家里穷，小孩子没有衣服穿，这'赵光腚子'是家里最小的，家里也没人管他。天气暖和了，就一直不穿衣服到处跑，到了冬天，他就披着一个麻袋片，从这家跑到那家去玩儿。听说这次上学，他爹娘好生相劝，他才穿了衣服上学的呢。"

母亲说："不是你爹勤劳能干，多动脑筋，全家人口挪肚攒的，咱们家不得拉饥荒呀！你们不也得成了'钟光腚子'呀！"孩子们笑着说："那得感谢我们的爹妈呀！"

1966 年春季的一天，四郎在家里听着母亲、大娘、二娘在一起神秘地唠着什么事儿。四郎便凑上前去听，就听大娘说："后屯咸五家的媳妇说，她老家河北来信了，说：'老家那里发生了天塌地陷（指邢台大地震），天空昏暗、闪着火光，地上冒水，死了好多人呢。'说时还大哭一阵，说她也死了亲人。"二娘和母亲听后都感到惊愕和惋惜。大娘还小声神秘地说："听说呀，咱们脚底下踩着的大地下边是一片汪洋大海，大海里有一条特别大的鱼，是这条大鱼在托着我们脚下的大地，每当鱼眨眼的时候，就会发生'天塌地陷'，鱼的眼睛冲着哪个地方，哪个地方就要倒霉了。"四郎听后也产生一种恐惧感,心里在想:我们住着的地方,说不定什么时候也会发生天塌地陷,那我们可怎么办呢?

　　1967 年,孩子的奶奶轮到家里住,奶奶一生勤劳,爱干净。早晨起来就干活,从不休息。奶奶最常干的活就是打"把斗""笸箩",那可是堪称一绝。打把斗用废纸做成纸浆,把黏稠的纸浆均匀地贴在把斗的模具外,约有半扁指厚,用擀面杖进行擀轧。待纸浆晾干后,取下来把斗的粗品——外形像个元宝,不过里面是空的。取下来后进行细加工,用竹劈煨成凹字形的梁,钉在把斗的两帮。在把斗边涂上黑色,把斗外面贴上各种事先准备好的图案——小鸟、蝴蝶、小狗、小猫、小兔、云彩卷等。打成的把斗可以盛东西挂在房梁上,轻巧、好看又实用。小屯多数人家都有奶奶打的把斗。除此之外,奶奶也做些纸笸箩,用于装烟末儿抽烟用。做成一个成品的把斗,需要好几道工序,需要体力,是很累人的活儿。奶奶晚上睡觉时,总是痛得哼哼呀呀直叫唤。第二天起来,晚辈们总是劝奶奶不要再打了,奶奶可是不听劝的,继续做她的把斗。晚辈们怕她生气,只好让她继续打她的把斗。

　　这一年的冬天,奶奶病重了,卧床不起。大姑、三姑来家里照看一个多月。病重的时候都穿上装老衣服了,奶奶总是要冰块吃,说自己心热烧膛。大爷家的三个姑娘也都从省城回来了,她们小的时候都是奶奶照看的,对奶奶特别亲。这一年奶奶正是 84 岁,民间流传着"七十三、八十四,阎王不叫自己去"的俗语。小屯年岁大的人都知道人活到 73 岁和 84 岁是道"坎儿",奶奶和她的亲人都很紧张。八九岁的四郎听着老人念叨着那句嗑儿——"七十三、八十四,阎王不叫自己去"——有些不解:人活到七十三、八十四了,阎王都不叫去了,为什么自己还要去呢?孩子们常常听到父亲唉声叹气地说:"唉!'人死如灯灭,虎死赛绵羊',人活着就这么回事!"奶奶有着顽强的生命力,她这一次又战胜了疾病,恢复了健康,全家人乐乐呵呵过了个年。

　　1968 年夏季,大郎读完初中,18 岁入社干活。钟海一家有了两个男劳动力了,不再是父亲一个人在生产队里单打独斗了。

　　这一年秋季,小屯通了电,安上了电灯。又过了几年,队里安上了磨米机、粉碎机。小屯的人见到了现代化的玩意儿了,家里晚上亮堂了,磨米、磨面不再用碾子和磨了。

6

1966年冬天，钟海家在校读书的孩子都放寒假了。在东北，一进入冬天，生产队打完场——俗称"关场院门"，就进入了农闲，也就是所谓的"猫冬"。这时，正兴起编炕席的生意，由于家家户户铺炕席，还有粮库晒粮、砖厂遮挡砖坯子等，需要大量的炕席，故而催生出这个兴旺的副业。家里父亲跟母亲说："眼看着咱家的孩子，一个个都长大了，这么多大孩子在家里待着怎么行啊！咱们家也编炕席挣钱吧。"母亲说："你说得太好了，正合我的心意，咱家可以大干一场了。"于是钟海家里就搞起了副业——编炕席。这之后冬天编炕席这活儿，一干就是四五年。这里就专门说说小屯一家编炕席的事儿。

编炕席在家里成为一个"小作坊"——三间屋子都有了用场。全家十口人全上了阵，好不热闹。外屋地撸秫秆儿；外屋炕上编炕席、地下编炕席与刮篾子；里屋炕上破篾子、地下编炕席与刮篾子。

10岁的三娥和8岁的四郎撸秫秆儿（四娥大了也加入其中），即刮掉秫秆儿的外皮与叶子；大郎、二郎、三郎刮篾子；大娥、二娥还有母亲编炕席。父亲负责破秫秆儿、起炕席头，有时晚上也编炕席。

这个"小作坊"，一般每天都能编两到三领炕席，最快的一天编完四领炕席。

大娥与二娥每天每人差不多各编一领，是编炕席的主力军。母亲也能编多半领，还要做饭。父亲利用早晚时间也能编半领。

编炕席可是个技术活儿，编炕席所用的篾子，是由秫秆儿经过几道工序而成。最后刮完的篾子是薄薄的、柔软的秫秆儿皮，抗拉、很结实。用宽窄均匀的篾子编出的炕席，篾缝小、瓷实，表面光滑、易擦易洗，炕席的花纹美观板正，像一件很有价值的工艺编织作品。不过，成品的篾子要经过几道工序。

第一步，撸秫秆儿。要把秫秆儿的外表皮及叶子刮掉，刮它的工具是秫秆儿撸子。把手腕粗、长不到半尺的木头，去掉木头中间部分，形成凹型木槽，在木槽上两侧钉上两片半圆形的铁片刮刀，就做成了秫秆儿撸子。撸秫秆儿时，要用左手先将秫秆儿拿起一根，放进"撸子"的那个半圆的铁片刮刀上，右手拿着"撸子"扣在秫秆儿上，左手拿着秫秆儿轻轻地前后运动，上面的外皮及叶子就刮掉了。反复几次，这个秫秆儿就光溜溜的了。撸下来的秫秆儿叶子与不能用的捆秫秆儿的绕子，堆放在外屋地的柴火堆处用于烧火。

撸秫秆儿这个活儿，是整个编炕席工作中最没技术含量的了，一般都是由家里的小一点孩子来完成。三娥和四郎就干这个活儿，每捆大约有三四十棵秫秆儿。每天放学后或放假期间早上吃完饭，都要撸个十捆八捆的。秫秆儿从外面抱回来，打开捆的绕子，需暖和一下，外面的秫秆儿刚拿到屋里冰手。

四郎与三娥将抱回来的几捆秫秆儿分开，三娥总是分一大部分，小弟分得较少部分，一起在外屋地上撸，每次都是姐姐先撸完。有时姐姐干完了就帮着小弟撸，有时干完就干其他事了。四郎比姐姐小两岁，看到姐姐干完了自己去玩儿，心里就不高兴。有时想别人家小伙伴儿一天总是玩儿，而自己总是在干活，心里就满不高兴。有一次，将自己用的秫秆儿撸子使劲摔到了地上，将秫秆儿撸子摔成了两半。四郎怎敢说是自己摔的，就说不小心被踩坏。父亲用铁片将被摔坏的撸子钉上，修好又能用了。四郎总算把自己惹的祸给消除了，要是父亲知道事件的真相，四郎肯定得挨一顿骂，此事四郎也一直没有敢对家里人说。

第二步，破篾子。所用工具叫"嗖子"，看上去像个木瓜，上面有三条凹槽，一端嵌有"人"字形的三刃刀。将一根刮去皮的秫秆儿的根部对准三刃刀，和"嗖子"进行对撞，就可听到破秫秆儿时"嘎啦、吱吱"的声音，很有点儿像撕布裂开时的音韵，秫秆儿的横断面就一分为三了。刀刃一划到尾，秫秆儿就变为三条既均匀、又无断裂带瓤的席篾子。被开膛破肚的秫秆儿散发出一种特有的幽香——湿润而又甜甜的气味儿。

破篾子是很讲究技术的，破得不均匀，那出来的篾子就宽窄不一，编织的炕席容易出缝儿、不结实，也就难验上等，就难卖上好价钱。有时遇到粗秫秆儿就要分成四瓣，这就要将一根秫秆儿先分成两条宽度均匀和一条粗一些的瓣，然后再将粗一些的这条瓣，分成与之前均匀大小的瓣和较窄的小瓣———一般就废弃不要了。有时也有较细的秫秆儿，那就要分成均匀的两瓣。这个活儿，全是父亲来做，他每天早晨起来或中午、晚上在队里干活回来，都要将撸出来的秫秆儿破成篾子，一捆一捆地捆好。

第三步，浸篾子。将破开的篾子用水泡，篾子渍过水后才容易去掉上面的瓤。将篾子拿到一二百米外的水井沿旁，用水反复把它浇湿。寒冬腊月，正是滴水成冰的季节。这个活儿是十分辛苦的，一般由父亲、大郎、二郎来做。井水冬暖夏凉，井口往外冒热气。站在厚厚冻冰的井台上，慢慢地一下一下摇着辘轳把水打上来，再把柳罐中的水浇在篾捆上，看着篾子冒着水气。好几捆篾子要打几柳罐的水才能浇完，他们的手被冻得通红僵硬。

第四步，刮篾子。将浸好的篾子拿到屋内，等这些冻着成捆的篾子上的冰融化了，就可以刮篾子了。

刮篾子用的工具叫"刮篾刀"，常用的是木把的夹把刀。人坐在一个小板凳上，脚下有块刮篾子木板，板上钉个挡刀钉，以稳定刮刀不向后运动。

刮篾子要左右手与脚一起配合才能完成，要先"撸"一下篾子瓢，然后再"刮"篾子瓢。要左手拿着篾子根，右手拿着夹把刀，将篾子放置在刀背下，夹把刀放在篾子上，刀压在挡刀钉上，右脚下压刀背，左手用力拽篾子。接着左手拿篾子，用食指和中指挽着中段，大拇指和无名指就势把篾子折个弯，右手拿起刮篾刀，置于钉子根部，左手拿着篾子往后拽，一根篾子就"撸"完了。

再将篾子放置在刀刃下，左手拿着篾子往后拽，那篾子就刮好了一半，另一半用同样的动作完成，一根篾子就"刮"完了。一般刮一遍就可完成，有时要重复进行两次，篾瓢子才能刮净。拿刀的右手用力要适度，不能将篾子刮断，还不能有剩余的瓢子，所以刮篾子这活儿更得需要技术含量。

刮篾子有较大的风险——割手。刮篾子割手是常发生的事。哥仁刮篾子时，有时左手会带上线手套，这样可以防止手被割破，但手套用不了几下，就被篾子上带的水给浸湿了，刮篾子时就不得劲儿，哥仁就常常不戴手套，这样，有时使不好劲儿就把手割了。手割了就上点洋油（煤油）或锅底灰，用纱布将被割的手指缠上，接着还得继续干活。

哥仁左手的五根手指，被割过不知多少次，有时伤口深到骨头，给他们留下了一生都将带着的伤疤；那黑色的锅底灰，留在了那伤口之处。

篾瓢子就这样被刮掉了，篾子成品就出来了，薄薄的炕席篾子就刮好能用了。若不马上用，就将其捆上放在阴凉处，几天后都可以使用。编炕席用时，就到那儿拿一捆，绵软好用。刮下来的篾瓢子堆放在园子里，一冬天下来，堆成了小山，待春天时，篾瓢子被春风吹干了用于烧火。

大郎在入社以后，就得利用中午休息或晚上的空隙时间刮篾子，而二郎与三郎就成了主力。这活儿哥俩一块干时，三郎要分一大半，而二郎要分一少半，但二郎往往还是落后于三郎完成任务。

　　大郎、三郎干这个活儿很麻利，一般一次就完成刮瓢子过程，不需两次再刮。几大捆篾子不大一会儿就刮完了。二郎干这个活儿较大哥和三弟要慢些，干一会儿这活儿就说头疼，常常他就用水浸过的毛巾扎在头上，以减缓头痛。

　　刮篾子时间长了都积累出了经验，六捆篾子就可以编一领炕席。前面说了，钟海家一天最多编四领炕席，一捆篾子需要两三捆秫秆儿，这需要撸秫秆儿、破篾子、刮篾子，是多么大的工作量啊！编炕席的篾子经过这四道工序就完成了，下一步就是编炕席了。

　　编炕席，也是个技术活儿，需要严密而快速的技巧。家里在炕上、地下，里屋、外屋全都用上了。编席人就坐在上面起头、拉席条。

　　编炕席起头和收尾是最难的，开始编炕席时都是父亲起头，后来大娥二娥也都会起头了，起头最多的是三郎。即便像父亲这样的老手，有时在起头时也起不好，有时看到父亲生着气，前拉后扯地对炕席头进行矫正。孩子们看到这场面，谁也不敢出声嬉闹，生怕父亲发火。如果刚起出来的炕席头编得不好，后续编出的炕席就不规整不方正，就验不上等，卖不出好价钱。

　　席子的花纹很多，但最普遍的就是三趟套儿围起中间的人字纹，折成边往回编时，要看边儿齐不齐，方不方正。围完边儿后，进入正常的挑俩压俩的人字纹工序。正常编织时，最该注意的就是一定要将篾子勒紧靠实，不然的话，篾子一晾干炕席就会出缝，那就是质量不过关。所以，编炕席很累手指头，时间长了，手指肚都被席篾磨破出了血，姐姐们就得用白胶布粘上继续干活。

　　家里小的孩子，常常看着妈妈与姐姐低着头编着炕席，看到秫秆儿篾子在他们的眼前像金丝一样飞舞，妈妈和姐姐灵巧的双手像穿梭一样轻快地上挑、下压、横勒移动，那秫秆儿篾子一排排在跳跃，并伴随着"哗啦哗啦"的响声。

　　编啊编，席子一寸寸地长着，一尺尺地长着，那些散乱的席篾子都被有条理地编进席子的经纬中。就这样，一领一领长四米、宽两米的炕席就编成了。

　　编炕席的两位姐姐和妈妈的技术和表现不尽相同。大娥手有劲，编得又快又好，但她有时没耐性，也就是有时偷点儿懒儿；二娥编炕席的技术不如大娥姐姐，但她有耐性，与她的属相牛一样，任劳任怨，一点不偷懒，除去上厕所，就坐在那里不动弹、一直编着炕席；妈妈编炕席的质量与速度与二娥基本相当。妈妈既编炕席，还要做饭干其他的活儿。这样，编炕席的活儿主要是由两位姐姐来完成。

　　常编炕席的人，有时也有挑错的时候，使炕席的花纹改变了。这时，就要调整原来的挑俩压俩的规则，使其恢复正常的席子花纹。

父亲白天还要到队里干活，干活歇气儿回到家里破篾子。晚上父亲就开始编炕席了，有时困了就在编的炕席上眯一会儿，醒了继续编。时间长了，父亲的腿受潮了，右小腿得了牛皮癣，还时常溃烂，落下了病根。

编炕席虽然很累，但编完了一领，那也很有一番成就感。呈现在你面前的就是一片细密、匀称、有浅黄色花纹、巧夺天工的艺术品。它就出自大娥、二娥和母亲、父亲的双手。这成就来自全家人，每个人的内心都会感到自豪！

全家无论大人还是孩子，大家都干劲十足，全家人与小屯编炕席的各家竞争赛跑。两位姐姐编到了晚上 10 点多钟以后，到外面看一下后排房子编炕席的人家，当看到人家还有灯光亮着，则判定他们家还没睡觉，回来就又编一会儿。她们高兴地说，还是咱家住的地方好，可以看到后院住家睡没睡觉，后院的住家就看不到咱家睡没睡觉了。因小屯的各家只有前面有窗户可以看到亮光，而屋子后面是没有窗户的，后面的住家就无法看到前面住家是否有光亮。

刚开始几年编炕席，小屯还没有安电灯，就在半空中悬盏洋油灯。洋油灯点着其下有个黑影——灯下黑，四周墙壁上晃动着干活人的影子。洋油灯的灯芯像一个小小的黄豆粒，灯芯燃烧一会儿就短了，吃不住油，渐渐暗了下去，就得用针拨拨，不然洋油灯的光亮就更小了。

大家干了大半夜，早上起来，人人鼻孔中都被洋油烟熏得黢黑。后来小屯安上了电灯，编织炕席时就亮堂多了，但时常停电，还得点起那洋油灯。

每隔两三天，二郎或三郎就要背着编好的炕席，到四五里或七八里外的供销社去卖，各供销社都收炕席。一领炕席一等两元五角，二等一元七角，三等一元两角。当炕席被验上等、能卖上好价钱时，几天的劳累烦恼都被忘却了，带来的尽是心里的喜乐。回到家里马上就会告诉母亲，今天炕席又卖出了好价钱，让大家与自己分享这快乐。

父亲还编过双面席，就是将两根席篾子阴面合扣在一起进行编织。这样，编出的席子分不出正反面，两面都是光溜面，这样的席子可以两面用。

家里除了编炕席外，有时也编囤粮食的芡子——拿去卖或家里装粮用。父亲是个勤劳能干的人，又是个心细手巧的人。每当编完炕席之后，剩下的零星篾头也利用起来。编大、中、小号码的席支篓，大的过年淘米用，中的装豆包，小的装豆馅，母亲使用起来非常方便。

大郎手巧，有时高兴了就用篾子劈成细条，编个小风轮给小弟小妹们玩儿，弟弟妹妹们将风轮用小木棍插在秫秆儿上，拿着到外面与小伙伴们一块奔跑，风轮迎风呼呼地转动着，小伙伴们一起奔跑着、呼喊着。

不到半个冬天，那一大垛秫秆儿就全用完了，自己家分的秫秆儿不够用，就要到外屯子再买些秫秆儿用于编炕席。

编炕席多数时间在地上，坐在一个小垫子上，长期在潮湿阴冷的地上干活，给两个姐姐的身体造成了一定的伤害。

两位姐姐时常患有头痛病和咳嗽病。头疼时，用自家备用的火罐拔前额，就可以缓解了。在家里常常看到大姐、二姐和母亲的前额上，隆起着拔过火罐呈绛红色的圆印，拔一次火罐，前额上绛红色的圆印需要几天才能渐渐消去。她们就用这种办法来消除头痛。

当咳嗽时，姐姐常常用食指与中指弯曲后，夹住嗓子处的皮肤不断"揪"着，每揪一下，就听到"嘎"的一声响，小弟小妹们看着直咧嘴，揪得嗓子部位全是紫色。这一办法，也可缓解咳嗽。两位姐姐从来没有因为生病而耽误编炕席。

全家忙乎了大半个冬天，眼看就要过年了，编炕席的活儿也该结束了，大人孩子也该歇歇了。编炕席挣来了钱，这个年也就好过了。

在编炕席过程中，母亲心中有数，最欣赏二娥的实干劲儿。随着年龄的增长，大娥、二娥也都成了大姑娘。母亲每年过年前，都要给两位大姑娘分点零花钱，给她们自己用。这时，母亲都要多分给二娥些，当然这是家中谁也不知道的。有一天晚上，母亲小声对二娥说："你平时干活多，妈多给你分点，别让你大姐知道。"说完就在外屋炕梢墙角顶一隐蔽处，拿出一沓钱给了二娥。母亲所说的话和举止，都让还没有睡着的四郎听见看见了，但他一直没有对家里人说过此事。

通过编炕席这项家庭副业，家里收获是很丰富的。靠这项副业攒来的钱，家里购买了"四大件"——自行车、缝纫机、手表和收音机。

缝纫机买的是"蜜蜂牌"的，花了一百五十四元四角钱。买回来后，大郎看着说明书，开始一件件进行组装，不大一会儿就组装好了。一台缝纫机就立在那里了，全家人真是好高兴，特别是大娥更是喜欢得不得了。大娥早就想买，自己早就学会了裁缝，但家里一直没有缝纫机。这回好了，大娥终于可以自己裁剪自己缝制了。

小弟小妹们看傻了眼——缝纫机用时可以立在平板面上，不用时可以放到板下半圆形的"大肚子"里，真好玩！

自行车买的是"红星牌"的。买回来后，哥哥们在议论："这是二八轻便的，花了一百三十六元钱。"小弟小妹们也听不懂"二八"是什么意思。但看到家里买来自行车当然是高兴的，自己以后也可以学骑自行车了。

收音机买的是"葵花牌"的。大郎买回来后拿到家里，家里人看到这个小玩意儿不大，长不到一尺、宽也就半尺多，外面还套着一层黑色的皮外套，套上还布满了小孔。大郎早就将电池装好，到了家里就开始播放起来，家里人以前只能听到从家里安的"广播喇叭"发出的声——那可是由电线杆子拉来的线——"有线"传过来的。这收音机发出的声——可是"无线"的。大家围着这收音机看着，大郎将收音机上的天线来回摆动几下，其发出的声音清晰度可是不同的。母亲问："这个小玩意儿花了多少钱？"大郎说："四十多元钱，不算贵。"这回从这收音机里可以听到更多的消息了。1970年春天，从收音机里直接收听到我国成功发射的第一颗卫星——东方红一号卫星播送的《东方红》乐音，家里人好生自豪啊！

大娥、二娥和大郎各买了一块"上海牌"手表，每块手表可是花一百二十元呢！表买回拿到家里后，小孩子们在听哥哥姐姐们一起议论："这是上海牌19钻全钢的，还是防震的呢。"弟弟妹妹们问："啥叫防震的呀？"哥哥说："就是干活时，表戴在手腕上不怕震动。"弟弟妹妹说："啊，是这么回事！那干活时可以戴着了？"姐姐说："那也要注意，花这么多钱买来的，要好好保护。"

平时在家干活，他们都舍不得戴，等到串门时才能戴上。小屯和外屯的人，看到哥哥姐姐都戴上了手表，都是另眼相看。背后议论着："你看人家人口那么多，还能买得起手表，真是个正经过日子的人家呀。"

经过几年编炕席挣钱的积累，手头宽绰了，过年前，母亲给全家人都买了新衣服。给哥四个每人买了一双黑皮鞋，买来灰色"迪卡"布，每人做一套迪卡中山装。哥四个出门时，穿上一套灰色迪卡中山装，脚上穿着一双又黑又亮的皮鞋，成了一个个板板正正的大小伙子，那可是令人羡慕。姐四个穿着新衣服，各个亭亭玉立，一个个水灵灵儿的大姑娘，更是讨人喜欢。

母亲看到自己的孩子那样的标致，站在那儿齐刷刷一水水的，心里想："古语说'人是衣裳马是鞍'，说得真是有道理呀！"母亲内心的成就感油然而生，那可是喜在眉梢、乐在心中啊。父亲看到穿着新衣服的八个孩子，心想这么多年没有白辛苦，孩子都长大了，他们应该陆续成家立业了。

7

钟海家有五个小孩子在读书，都在大娥读过的小学。此时小学里既有小学生还有初中生。三郎、三娥、四郎和四娥，都是在这所学校读的初中。三郎、四郎、三娥和四娥，读高中都是在大娥读初中时的学校。

无论是小学生课本还是初高中课本，其内容都较为简单，都是结合本地情况来编写。从小学到高中，孩子们学了政治、语文、数学、物理、化学、历史、音乐课；没有学过生理卫生、地理等课程。

读小学的时候，自娱自乐的游戏可是不少，男生玩的有：小皮球、摔跤、单杠、踢毽子、掰腕子、斗鸡、弹琉琉……女生玩的有：打口袋、跳皮筋、跳房子、编花篮……那些顺口溜也是很有意思的："大班长，假积极，脑瓜顶个西瓜皮，西瓜皮两半儿了，大班长掉蛋儿了！""大雨哗哗下，北京来电话，让我去当兵，我还没长大！"……公社每年都组织召开学生运动会，三郎、三娥、四郎都当过学校的运动员。

从小学到高中，号召学习的先进人物也不少：雷锋、刘胡兰、董存瑞、王杰、欧阳海、金训华、草原英雄小姐妹等。

下面就说说孩子们这段时间的校园生活。

首先说说二郎在初中时的学习生活，这里面有段刻骨铭心的难忘记忆。

二郎是班里排长，所以上学时经常与同屯的几位同学一起走，这样也能照顾一下两位女同学。特别是夏天上学，要经常穿越庄稼地那"青纱帐"，女同学是很害怕的。时间一长，两位女同学很羡慕二郎的胆量与见识，她们见到二郎姐姐时，总是透露出对二郎的好感。

两年的初中读书生活，二郎除了周日、假期，每天都是早出晚归，夏秋两季节，每天上学时的裤脚、鞋都被露水打湿，有时被雨淋湿。雨天，毛毛道更是泥泞，只好把鞋脱掉，光着脚丫子走路。冬天更是顶风冒雪，还要提个粪筐给学校捡粪。

1970 年冬天，二郎初中就要毕业了。从 1966 年，农村的初高中毕业生全部回乡务农，二郎与同学们都已做好了回乡的准备。就在马上要毕业的 12 月份的一天，班主任老师召集全班学生开会，说今年我省本届初中毕业生实行"四个面向"——面向工厂、面向农村、面向军队、面向学校。也就是本届学生可以直接上学、进工厂、参军、下乡（回乡）。并说今年咱们班毕业生有六个上学的指标，同学们回家认真仔细回想一下每个同学这两年在德智体各方面的表现。我们明天班级开会，由同学们提名推荐、学校批准，上报公社。

同学们听后，无不感到震惊。大学与中专已经四五年没在学校直接招生了，我们真是幸运，赶上这么一个大好机会。

二郎放学回到家里，马上就向母亲和家里人说了此事。母亲说："二郎，你怎么样啊？有没有希望？"二郎满有信心地说："有希望，我保证能去上，一共有六个名额呢！"家里人听到二郎的话，无不为之高兴。

第二天，老师组织全班同学开会讨论推荐，结果二郎排名为第二。二郎回家后向家里报告了这一大喜事，家里人各个欢天喜地。母亲随便问了一句："那你老叔家的'大埋汰'怎么样啊？"二郎说："他排在全班倒数第三位，差远了。"母亲说："这'大埋汰'这么差呀！"二郎说："那可不是！"

几天后，二郎与另外五名同学到县城进行了体检，身体检查都没有问题，二郎上学的事已是"板上钉钉"了。于是家里开始为二郎准备上学的行李，等接到入学通知书好上学。

有一天，"大埋汰"他爹，也就是二郎叫他老叔、外号叫"尖耳猴"那个人，见到二郎嬉皮笑脸地说："二郎，上学都准备好了吗？"二郎说："嗯，差不多了。""尖耳猴"又说："今后，说话时可不能太随便呀！"二郎答应着说："嗯，谢谢老叔。"二郎心里直犯嘀咕：今天老叔怎么这样关心我？二郎知道"尖耳猴"是个皮笑肉不笑的主，小屯都知道他"鼓动"，所谓"鼓动"就是在人家背后使坏的那种人。

转眼到了腊月，这一天，二郎家正在杀猪。大郎去大队开会，开会时一位小队会计跟大郎说："你二弟上学的事，被人顶替了，你知道吗？"大郎吃惊地说："啊？还有这事！我根本不知道啊！"那人还说："你猜顶替二郎的人是谁？就是你们小屯的'大埋汰'。"大郎听后更是震惊。大郎开完会，就急急忙忙一路小跑回到了家中，把二郎上学被顶替的事，向爹妈和家里人说了。

母亲听到这事，如五雷轰顶。

杀猪之人与请来的同屯客人听到这个消息，也议论纷纷、愤愤不平。但他们知道这事事关重大，他们草草吃完饭就马上离开了。全家人哪还有心思吃好这顿饭？家里大人赶紧商量怎么办。

那么，二郎到底能不能上中专读书呢？此处暂且不谈，后面再说。

我们看看三郎在学校的情况，三郎在校的故事可是不少呢。

故事一 白帽子与黑帽子

1972年秋季，三郎在读高中，老师认真讲课，学生认真学习。教三郎的数学老师姓闫，是师范大学毕业的，知识博学、教学认真。

一天，闫老师给三郎的班级学生出了一道游戏题：有一位老师，准备了三顶白帽子、两顶黑帽子，让三个学生看到；然后叫他们闭上眼睛，分别给他们戴上帽子，藏起剩下的两顶帽子，最后叫他们睁开眼睛看着另外两个人戴的帽子，猜出自己所戴帽子的颜色。三个学生互相看了看都"踌躇了一会儿"，后来"异口同声"地说出自己戴什么颜色的帽子。老师强调说："同学们，要注意题目中所给的条件：'踌躇了一会儿'和'异口同声'。"

三郎考虑了三白、两白一黑和一白两黑三种可能性，进行推理，又根据题中给定的条件——"踌躇了一会儿"与"异口同声"，很快说出了答案：三个学生戴的都是白帽子，并说出了他的逻辑推理过程。获得了老师的高度赞许，同学们更是羡慕不已，有的同学根本还没反应过来是怎么回事呢！

故事二 兔子繁殖问题

一天，数学老师在课堂上讲数列时，给学生出了这样一道题：一对兔子，出生后第二个月开始有生育能力，每月繁殖一对小兔子。问一对兔子一年中可繁殖出多少对兔子？

三郎与同学们一个月接着一个月推着，写出各个月份和对应的兔子对数：

月　　份：1 2 3 4 5 6 7 8 9 10 11 12

兔子对数：1 1 2 3 5 8 13 21 34 55 89 144

老师看完推得快的同学答案后，说："你们看看各个月兔子的对数有何规律没有啊？"三郎举起手说："有规律，从第 3 项开始，每一项都等于前两项之和。"老师又夸奖了三郎一番，并说："这可是著名的'斐波那契数列'，发明者是意大利数学家斐波那契。比如松果、凤梨、树叶的排列，某些花朵的花瓣数排列，蜂巢、蜻蜓的翅膀排列，黄金分割等都与这个数列有关系，这个数列可有好多用途啊！以后有时间我再给你们讲。"

故事三　一脚踢走了菜包子

有一天早晨，家里蒸的是菜包子，皮是苞米面，馅儿是白菜馅儿。三郎带着菜包子上学校，学校中午给学生们带的午饭用大锅加热。中午时分，有先去的同学取饭，不小心将三郎带的饭盒里的两个大菜包子弄掉了，同学们看到地上有两个圆咕隆咚的大菜包子，就像踢皮球一样踢在旁边。三郎去取饭盒时，看到同学踢的正是自己带的菜包子，就没敢上前去，怕同学们讥笑自己。趁着没人，赶紧把自己的空饭盒拿到手里，中午只好挨了一顿饿。

故事四　终生难忘的她

三郎上高中后，学习劲头十足。三郎同班有一位张姓女同学，三郎对这位女同学可以说是一见倾心。女孩长得俊俏，洁白的皮肤，粉红的圆脸蛋；脸上一笑一对小酒窝；天真烂漫，对人宽容。女孩总喜欢穿着枣红色的上衣，是一位学习上进的同学。她常常与三郎在一起互相切磋学习中的问题，三郎也非常愿意与她在一起讨论学习中的问题。

女孩的父亲是公社畜牧站的站长，三郎家与女孩家的社会与经济条件存在较大的差距，所以三郎在高中三年的学习期间，一直没敢向她表白自己的心声。1974年三郎高中毕业了，回到了自己的家乡小屯务农，但三郎心中一直装着她，每当看到穿枣红色衣服的女孩，就想起那段激情涌动的青春、那段难忘的学习生活。

我们再看看四郎在学校里的故事，他的故事也不少。

故事一　林校长

四郎在小学读书的时候，有位林姓校长，一次在全校上课间操时，校长讲了一通话，其中说到如何做好作文时，说："'小鸟咕嘎叫，学生背着书包上学校。'这是多好的词儿呀！怎么不用呢？"还有一次，也是在全校课间操时，林校长给学生们讲话，看到一位四郎同班的同学，这位同学是位校干部，没有听林校长讲话，却在下面搞小动作、与同学嬉闹。林校长生了气，像个斗架的公鸡，脖子向前一伸老长，脖子上的青筋都崩了出来。校长很生气，说了他一顿。那位同学看着校长正在指着他说话，吓得赶紧低下了头，不再嬉闹说话了。

故事二　通考

1972 年四郎正在读小学四年级，这一年"教育回潮"，学校开始抓学习了。全公社进行通考，这还是四郎上学经历的头一次。四郎在班级一直排在前一二名。考试也是信心满满，考完试自己认为数学能打满分 100 分。成绩下来后数学得了 98 分，这 2 分之差，原来差在了两个数关系所用的数学符号上，应该用除号，而四郎用了比号，所以扣了 2 分。此事四郎铭记在心。

故事三　同学破闷儿

"闷儿"就是谜语，"破闷儿"就是猜谜语。在学校课间，同学们有时做游戏，有时也破闷儿玩儿。有一次，四郎的同学给出了一个闷儿："一个脸圆，一个脸长，它们本是一个娘，圆脸死在春三月，长脸死在秋风凉。打一植物。"四郎略加思索后，说："榆树。那圆脸就是'榆钱'，长脸就是'榆树叶'。"那位出闷儿的同学说："对了！对了！"

还有一次，一位同学出了一个闷儿，并说"荤破素猜"。闷儿是这样说的："两帮夹一沟，沟中有个眼，眼上有个鬏，闲时闲个死，用时黄棒紧出溜。"四郎也很快就猜出了这个闷儿。四郎说："苞米穿子。"破闷儿的同学说："对了，你好厉害呀！"同学们一阵欢笑，并对破闷儿的同学说："你这破的闷儿，可真有意思呀！"

故事四　聪明的四郎

　　四郎上初中学习几何时，有位王姓老师，非常敬业，老师的讲课风格也有自己的特点。每次在上新课的时候总是说："我们上一节课讲了……"将上一节课所讲的内容重复讲一遍，然后才讲新的内容。老师的这种讲课方式和认真负责的态度，得到了同学的尊敬和赞许。有一次，在课堂上讲一道证明题时，连续叫起的三四名同学，都没有答出老师想要的答案，老师再次问："谁能回答这个问题？"四郎举起了手，老师叫起了他，四郎圆满地回答了老师提出的问题。老师高兴，表扬了四郎，四郎非常得意，更爱学习几何了。

8

前面讲到 1970 年底，二郎初中毕业正好赶上一件大好事儿——初中生可直接上中专读书。

新中国成立 20 多年了，钟家屯仅有那么一两个人上中专读书，他们在城里工作，那一回到小屯，人们可是羡慕死了。

前面说过，二郎被推荐上中专，体检都合格了，就等待上学通知书了。全家人沉浸在欢乐之中，家里已为二郎准备好了行李等物品。可就在这时，二郎上学的事却被人"顶替"了。母亲急忙和大娥去二郎学校问校长，校长说不知道这事，其实他是假装说不知道，一校之长怎么能不知道这么大的事呢？

大娥又去公社教改组问，教改组说下边报谁就是谁，我们不知道具体的情况。后来大娥又找来在省城工作大爷家的三姐，一同去县里找教改委，教改委说回家等消息，我们去调查。

原来，"大埋汰"的父亲"尖耳猴"听到二郎被推荐上中专的消息，在家中闷闷不乐，晚上叫儿子"大埋汰"到身边，问道："二郎被推荐上了学，你怎么没被推荐上啊？"儿子有气无力地说："二郎在学校各方面表现都好，班级排名是第二名，而我排在最后几名，所以我没有被推荐上。"其实"尖耳猴"这是明知故问，他还不知道自己的儿子什么样吗？

"尖耳猴"皱紧眉头对着儿子说："那你能不能找出二郎的一点毛病？"儿子愁眉苦脸在那想，想了半天，说："有一件事，不知道是不是二郎的毛病？""尖耳猴"急忙问："什么事？快说！"

"大埋汰"说："有一次，我和二郎一起上学，二郎老远就看到了二愣子扛着一把铁锹去干活，二郎说：'二愣子干啥去？'二愣子说：'翻番去！'这时，二郎跟二愣子开玩笑，说：'你翻什么番？扛灵幡吧！'""大埋汰"接着说，"爹，你说这算不算二郎的毛病？"

"尖耳猴"听后，眼珠子乱转，眉头渐渐舒展开来，并用鼻子"哼"了一声，说："这不是毛病，啥是毛病？"然后露出了一脸奸笑，"行了，儿子你该去干啥，就去干啥吧。""尖耳猴"心里想："说不定，这回我儿子有救了！"

这"尖耳猴"此时正当小屯生产队的队长，与儿子学校的校长、班主任都比较熟悉。次日，"尖耳猴"马上就去了儿子学校，往校长和班主任家送去了钱，并与他们说了二郎与"二愣子"那段开玩笑的对话，并说像二郎这样的学生还能推荐上中专？这学校领导与班主任拿了"尖耳猴"的钱，二人一起商量后，校长就去公社把二郎的姓名改成了那个"大埋汰"的姓名——多么简单容易的事儿呀！

前面说过，有一天，"尖耳猴"见到二郎笑嘻嘻地说："二郎，上学都准备好了？"还说："今后，说话时可不能太随便呀！"其实这时，"尖耳猴"已经把他儿子"大埋汰"顶替二郎上学的一切事都搞定了，只是二郎和他的家人都还蒙在鼓里呢。过了一个多月，那个"大埋汰"就去一所中专上学了，而二郎上中专的事就泡汤了，二郎只好去学了木匠。

这件不幸的事儿发生以后，对母亲的打击非常大。母亲的心里特别不平衡，她说学校怎么能这样出尔反尔呢？母亲是个要强的人，对儿女的希望也特别高。她平时常对孩子讲，家贫出孝子，你们一定要努力学习，将来能有个出息。

母亲夜晚常常不能入睡，总觉得这口气难以咽下。眼睁睁地看着人家的孩子上了学，这本是自己的孩子要上的学呀！而自己的孩子不得不去学了木匠。母亲每想到此事，心里就愤愤不平，长时间的心里郁闷，终于使母亲突发疾病。

1971年春季的一天，这天正下着小雨，在读小学的三娥四郎，中午正走在放学的路上，四郎老远看到二大爷家二哥骑着马，急速向大队方向走去，四郎觉得很奇怪——这天气二哥去干什么呢？等几个孩子到了家里，看到父亲、大姐、二姐等正围在炕上，而母亲在那里躺着一动不动。几个孩子开始哭了起来，喊着"妈妈您怎么了"。姐姐对着弟弟妹妹说："我们正要吃饭，妈妈拿着的筷子就突然掉了下来，接着妈妈就不省人事了。"

不大一会儿，二爷家二哥请来了大队卫生所的先生，先生看了一下，说："这病很重，得的是半身不遂，咱这儿治不了这病，你们赶快上县医院去吧！"二爷家二哥忙去生产队把马车赶过来，大家将母亲抬上马车，父亲、姐姐、哥哥一块坐上马车奔向了县医院。

一个多小时后，母亲住进了县医院，医生诊断是"脑淤血"病，小屯当地人也称为"半身不遂"。母亲的血压高压达220毫米汞柱，低压也达110毫米汞柱。

刚住院没有床位，只能临时住在走廊里打针，父亲与大姐留下陪护母亲。三娥、四郎还小，母亲住院之初，他们去医院看过一次，看到母亲躺在床上不省人事，感到痛苦、茫然，心想：妈妈您什么时候能好啊，我们还需要您的呵护呢！

母亲住在走廊几天后，才搬进病房中。过了几天，母亲才醒过来，但不能说话，身体一侧没有知觉。母亲脱离了危险期，留下父亲或姐姐轮换伺候。没去医院护理的姐姐在家做饭，哥哥每天到医院送饭，给那里的父亲或陪护的姐姐吃，尽量省钱不吃医院的饭菜。

三郎正在读初中，一连十天到医院去送饭，耽误了三郎的学习，考试由平时的第一名落到了第十二名。有一次去医院回家的途中，三郎实在是饿急了，就走到路边的一片葱地里，拔一把葱吃了。嗨！他感觉这葱好香甜。三郎如今真正体会到了母亲常说的那句话——"饿了糖如蜜，饱了蜜不甜"啊！

在去往县医院的公路中有一座小桥，桥下是一河沟，河沟两侧有一段下坡和上坡都很陡的路。平时人们坐车走这段路时，都要下车走，在车上看到这段路都很害怕。

这一天，大娥骑着自行车去医院送饭，为了快点儿赶路，走到这段下坡路时没有下车走，仍骑着自行车前行，由于路坡太陡、刹闸有些急，结果连车带人狠狠地摔到地上，大娥的脸、胳臂都抢破了皮，幸好没有造成骨折。大娥坚强地爬了起来，慢慢地推着自行车走过了这段下坡和上坡路，又骑着自行车给母亲和父亲送去了饭菜。回到家里，弟弟妹妹们看到大姐被摔成这样，都非常心痛。

母亲住院期间，同一病房里，有一位得同一类型病的女病人，她的丈夫曾上过大学，在县某一部门当科长。家里人与这个家的人相处得很好，给他们常带去一些园子里种的新鲜蔬菜等。

母亲住院两个多月，病情有所好转，此时已欠下医院二百来元钱，家里已经没有了钱，再不交钱医院也不给打针治疗了。父亲想来想去也没有什么好的办法。一天，父亲偷偷对姐姐说："今天我回去，你们把东西收拾好，我明天一早就来，把你妈拉回家去，现在咱家也没有钱治病了。"这样，第二天，父亲一早趁医院人少的时候，偷偷把母亲拉回家里。后来医院来过家里，但看到家里确实没钱，最后家里欠下医院的钱，也就不了了之了。

把母亲接到家里，母亲再也不能像从前那样照顾一家的老小，而要家里人伺候她了。但有母亲在，家里就像一个家。小孩子们一个个都像长大了似的，该干活时就去干活，该上学时就去上学。

在家伺候母亲的活儿主要由二姐来做，大姐要到生产队里劳动。为了给母亲增加营养，每顿饭的主食专给母亲做碗大米饭，再蒸一碗鸡蛋糕。吃饭时，二姐给母亲从炕上扶起来，一勺一勺喂她饭菜和鸡蛋糕。母亲在家人精心照料下，渐渐有所好转，但右侧的手脚都不能像正常人那样活动。手指攥在一起，胳膊自己也抬不起来，右腿走起路来总是拖拉着。但一只手拄着拐杖能慢慢地自己走路了，家里人不知有多高兴啊！

每天四郎放学回家都要看看母亲，问一声"妈妈今天感觉怎么样啊"。母亲笑一笑、点点头，四郎就放心地去干他自己的活儿了。渐渐母亲也能冒出自己熟悉的话语，喝中药汤时总会说："狠病吃苦药！"孩子们有时问起母亲从前讲的"瞎话儿"时，母亲会含含糊糊地说出"薛礼征东十二载，不是亲戚强说亲"等简单的话语。每当母亲说出这些话时，自己也总是高兴地笑了起来。

1971年奶奶轮到二大爷家住，母亲有病时，奶奶知道了，说："就让我替老份上的媳妇去死了吧，她那还有一大家子人呢！"这一年冬天，勤劳一生的奶奶离开了人世，享年88岁。

1972年夏天，母亲的病又复发了。这一天正是学生放暑假的时候，生产队正在拔麦子。中午吃饭时，父亲说："今天下午在西沟沿那块地拔麦子，四郎早点去那里剜菜去。"四郎答应道："嗯，社员上工我就去。"

下午社员上工后，四郎就奔向屯西那块拔麦子地去了，到那块地，要经过队里的篮球场，此时正有几个小伙伴在那玩球，小伙伴看到四郎过来了，就说："来，四郎我们一块玩会儿吧！"四郎说："我还得去剜菜呢！"小伙伴儿们说："我们玩一会儿你再去，不会耽误你干活的。"四郎就答应了："那好吧。"结果小伙伴们儿贪玩儿，玩的时间过长了。四郎知道不好，便说："我得赶紧去剜菜了！"

四郎提着筐，急急忙忙跑向了拔麦子地里，刚到地里走向社员们刚拔完的麦地处，就见父亲远远对着四郎大喊："你干什么去了？"在地里捡起一土块，奔向四郎就打。四郎见父亲来打他，就四处奔跑。父亲就撵着四郎连骂带打，四郎躲闪着向其他地方跑。在地里干活的大郎和大娥都急忙跑过来，向父亲喊："爹，你这是干啥呀？"父亲喊着："我打死他！谁让他这么晚才来！"

大郎和大娥说："你快回去干活吧，这么多社员看着你呢！"父亲在哥哥和姐姐的劝说下，又回去拔麦子了。四郎哭着剜满了一筐菜就回家去了。刚到自家的院子里，就听二姐在喊："妈妈又犯病了！妈妈又犯病了！"这次母亲犯病也是很突然，夏天炎热，二姐让母亲坐在凳子上，二姐正给母亲擦身子时，母亲突然昏迷不省人事。

　　四郎到屋里看了一眼，撒腿就跑，当跑到篮球场地时，看到了同屯的五子哥在那里，四郎就喊："五子哥，我妈又犯病了，快叫我爹去！"这时，五子哥和四郎就向西面麦地跑去。此时，四郎有一种从来没有过的感觉——腿发软、跑不动，跟不上五子哥的脚步。

　　当爹和哥哥姐姐知道母亲犯病的消息后，都急忙跑回家里。并马上与几位乡亲用大车拉着母亲去了公社卫生院，在那住了两天院，医生说："这病在这里治不了，你们还是尽早去县医院治吧！"这一天正下着雨，公路是土路，雨天是不让大车在上面走的，怕压坏了路面。为了不耽误母亲的治疗，大郎和乡亲们用木板制作一个简易的担架，将母亲放在担架上，身上盖上塑料布，四个人抬着母亲，冒雨走在泥泞的路上，抬着的人累了，跟在后面走着的人就去换一换。

　　四郎还小，就一直跟着大人们在泥泞的路上走着。他们每个人都挽着裤脚，光着脚丫子急忙赶路。这一幕牢记在四郎的心中，四郎心想：乡亲们，我永远不会忘记你们！

　　二十多里的路走了两个来小时，总算到了县医院，母亲很快住了院。还是像第一次住院一样每天打针，在医院住了一个多月，母亲的病情有所好转就出院了。这种病犯一次会比一次重，这次犯病回来后，母亲再没有恢复到像上次那样，自己不能走路了，只能在炕上躺着，有时姐姐将母亲扶起来坐一会儿。母亲心里明白，但说不出话。四郎、四娥到放学的时间了，母亲总是手指着学校的方向，意思是孩子们咋还没有回来呢，姐姐总会说："快了，一会儿就回来了。"母亲则点点头。等孩子们回来了，母亲看到孩子来到跟前，才放心微笑地点点头。

　　四郎总是来到母亲的身边，问今天怎么样。这时，母亲用会动的那只手抚摩着四郎的头，微笑着点点头。孩子们心里想：不管怎样，只要母亲在，就有母爱，生活就有奔头。孩子们一直盼望着母亲的病能早日好起来。

　　转眼到了冬季，有一天傍晚，母亲可能自己感觉身体不好，就向父亲比画头部，意思说可能要犯病，父亲说："你放心，犯病花多少钱我都给你治。"母亲就放心睡觉了。第二天早晨，母亲再一次犯病了。这一次，母亲原来能动的一侧身体也不能动了。全身瘫痪，没有一点知觉，眼睛都不能动弹。哥哥找来了大队卫生所的先生，先生说："你母亲不行了，准备后事吧！"

　　妈妈的寿衣早就准备好了，但棺木还没有准备。这时，在一远房亲戚家，将已准备的棺木板拉回来，急忙制作棺材。二郎与本屯的木匠在队里，用一天一夜时间，将棺材做好拉回家中，请来了画匠，将棺材涂上了红漆，在棺材的周围画上孝图。

　　母亲病重，乡亲们白天夜晚都轮换着来家里看护。母亲不吃不喝七天七夜，这天晚上八点多钟，病情恶化，大娘等老人都来到家里，哥哥与乡亲将母亲抬到外屋地搭起的木板上。大娘说："孩子们都过来，为你妈妈送终！"八个孩子守在母亲身边，孩子们哭声一片，大声哭喊："妈妈别走哇，别扔下我们不管啊！"大娘对孩子们说："你们不能把眼泪掉在你妈妈的身上。"

　　孩子们看着母亲穿着黑色的寿衣，大口大口喘着粗气。气由腹部渐渐转向胸部，一口气一口气向上拔气儿，越来越费劲了，每呼吸一口气的间隔时间也越来越长，最后一口气没有上来——咽气了！母亲就这样离开了人世。

　　母亲临终时，没有闭上嘴，可能有许多话没能向父亲和八个孩子交代。八个孩子只有大郎一个孩子成了家，最小的孩子才11岁，母亲是多么惦念这个家呀！她是多么爱着这个家呀！她怎么能放心这个家呢！她有好多话要对老伴讲、要对孩子们讲呀，可惜她有病说不出话。父亲用手把母亲的上下嘴唇合拢在一起，说："你放心走吧，我一定把孩子拉扯大！"大娘说："你们都不要想你们的妈妈啦，她把你们扔下了，一个人去享清福去了。"孩子们知道大娘说这话，是怕孩子们过于悲伤。

　　乡亲们将母亲的遗体放入棺材中入殓，按照习俗，烧纸放鞭炮。

　　第二天，哥哥去舅舅家报信儿，说母亲昨晚去世了，明天埋葬。这一天，几个健在的舅舅和晚辈拿来烧纸祭奠。乡亲们都来到家里，帮助家里买来白布、烧纸、纸牛等。

　　按习俗，家里人、直系亲属、要好的乡亲，一同去土地庙上祭祀。土地庙在小屯西面，早已毁坏，只有高出地面的一小土包在那里。小屯里有人故去，都要到这个地方举行祭奠仪式。女人头上戴上用白花旗制作的白帽，男人在腰部扎上白花旗制作的条带，一路有二三十人哭叫着。

　　第三天，母亲的遗体要下葬。下葬前要进行"开光"，孩子们最后再看一眼亲爱的母亲。之后，木匠用几根长长的铁钉将棺盖与棺帮钉在一起，孩子们一齐喊母亲"躲钉"。孩子们知道——永远再也见不到亲爱的母亲了！

　　乡亲们用长木杆、绳子捆成抬棺材的架子，将装有母亲遗体的棺材放在架子上。大郎站在凳子上，手拿一根没系扁担钩的扁担，朝着西南方向喊："妈妈，西南大路，光明大道！"连喊了三遍。大郎下来，将烧纸的丧盆（泥瓦盆）拿起高举在头上，将丧盆摔碎到地上。

母亲生前常说："爹的恩情还好报，丧盆落地就算完；娘的恩情报不清，报到黄泉也报不完。"孩子们知道，母亲的恩情永远都报答不完，更何况母亲这么早就离开了，孩子们还没来得及报答呢。

阴阳先生喊起架，众人一起抬起母亲的棺材。四个儿子及晚辈一块向抬棺材的人跪地磕头。他们走在抬棺材人的前面，向前走一段路，他们就要回过头来朝抬棺材的众人跪地磕头。

家里的坟茔地，就在家住的房子南面一里地处，抬棺材的人们走得缓慢，约二十多分钟才到达坟茔地。抬棺材的众乡亲，将母亲的棺材停放在家里的坟茔地，按照辈分，母亲的墓穴位置在奶奶坟墓的下首。按照阴阳先生吩咐，将棺材放入已刨好的墓穴中，之后将从墓穴中刨出来的冻土块推向墓穴，将母亲的棺材掩埋。那位叫"尖耳猴"的叔叔，也去了坟茔地干活。

"尖耳猴"老叔将挖墓穴刨下来的大土块，放在母亲的棺材上，说："这回你再有'章程'，你也起不来了！""章程"就是能力或能耐。"尖耳猴"老叔管母亲叫嫂子，表面上看是开玩笑的话，其实是他内心的表白。"尖耳猴"老叔，由于二郎的事与家里产生了很大的矛盾，他平时也惧怕母亲三分，这回说出了他的心里话。

母亲埋葬完了，来帮忙的人来到家里吃顿饭就都各自回家了。屋子里剩下父亲和孩子们。四郎平时是一个最不好哭的人，而此时回想起平时母亲的点点滴滴往事，坐在炕上的四郎号啕大哭起来，他这一哭，哥哥姐姐们也都跟着哭了起来。父亲看着孩子们，说："你们不要哭了，我一定会把你们拉扯大的！"说完父亲到屋外去转了。孩子们知道父亲更是伤心悲痛，止住了哭声，到外面把父亲找了回来。

傍晚时分，小屯的老王太太来到家里，陪伴孩子们住了两天。

母亲去世后家里特别空，家里最小的四郎、四娥才刚刚14岁和11岁，他们放学回家像个小傻孩儿一样站在屋里。看到这些，大娥的心情非常难受，但是日子还得过呀。父亲振作起精神，带领全家人向着美好的前程奔去！

母亲去世后，孩子们更懂事儿了，大孩和小孩各自干自己的活儿，从来不让父亲操心。

后来有不少父亲的亲戚、朋友来给父亲介绍老伴儿，都被父亲拒绝了。父亲总是说："咱家孩子多，这样的家庭与后妈关系不好处，如果又添一个老伴儿，将来会给孩子们的生活增加更多负担。"其实孩子们也都不愿意找一个后妈。

母亲，您这一辈子，生了九个孩子，养活成人八个。您整天围着锅台转，一天天总是忙忙碌碌的，您给予孩子们的太多，孩子们给予您的太少了。

9

前面讲了小屯一家的女主人，在 20 世纪 70 年代后期生病离开了人世。接着说说钟海一家里发生的一些其他的事儿。

1968 年冬季，知青来到小屯后，和小屯的社员、青年渐渐就熟悉了，他们也都结交些小屯的朋友。有一王姓女知青个头较矮、戴副眼镜，她家也有七八个兄弟姐妹，可能是这个缘故吧，她与大娥、二娥相处得像亲姐妹一样，常来家里洗头、洗衣服，有时还到家里吃饭。

知青从城里带来不少书，小屯的青少年就向知青们借书看。三郎、四郎最喜欢的是《十万个为什么》，书中有好多有趣的知识。"怎样平分八斤油""韩信点兵""田忌赛马"等，三郎、四郎看了多遍，有的内容还抄了下来。四郎上学给同学们出书中的题目，那可是显得他有学问有知识了。三郎还从知青那里借来一本《毛主席诗词解释》，三郎与四郎也是爱不释手，把毛主席发表的诗词全部背诵了下来。有的知青回城后，带回了圆形的纸壳啪叽，四郎把带有孙悟空画面的一片啪叽，精心地保存起来，四郎可是最崇拜《西游记》中孙悟空的本事。

知青到小屯两三年后，大批知青返城了，小屯集体户就剩下两三个知青了，他们与一队的集体户合在了一起，钟家屯的集体户到此就成了历史。集体户的知青们在小屯几年里得到了锻炼，他们与小屯的人彼此间都学到了不少东西，与小屯人也结下了难忘的情谊。

1969 年春天，吃完晚饭后，队里的男女社员都要上生产队开会学习、排练文艺节目。这一天，大娥、二娥和大郎都到队里排练文艺节目去了。父母和家里的小孩子住在外屋；大郎、二郎和三郎住在里屋；大娥、二娥和三娥住在东屋。这东屋是前两年父亲看家里的孩子都大了，屋子不够住了，就在原来三间房子的东侧又接了一间。

大娥与二娥都去了生产队，三娥自己在东屋里睡觉。等到哥哥姐姐们排练完节目回家时，发现家里的屋门大敞四开的，大郎就喊："爹，家里的门怎么开着呢？"父母被喊声所惊醒，马上起来到各屋里查看，到东屋时，看见13岁的三娥仍然在睡觉，炕上留有从三娥身上来回迈过的不少脚印。当清点家里物品时，发现外屋地和东屋丢失了半袋高粱米、一坛子荤油、大半坛子咸肉、几条麻袋等物品。俗话说，小偷都是偷方便。家里被偷可能是没把门挂好，小偷容易进到了屋里。但还是不知道小偷用什么方法把家里的狗引开了。次年案子破了，原来小偷是居住在距小屯七八里外的人干的。

1969年国家贯彻"把医疗卫生工作的重点放到农村去"的指示，在农村搞起"合作医疗"，对特殊病采取免费治疗，四娥的气管炎病就是其中之一。四娥从小不知什么原因患上了"气管炎"的病，一发病就发出"吼吼"的声音，喘气困难，母亲就给四娥吃合霉素药，病情就缓解了。时间长了，四娥一发病就对妈妈说："我吃合霉素！我吃合霉素！"母亲则找来合霉素给她吃。病一时好了，但还是经常犯，不能去根儿。

小屯还有一位50多岁的老太太，也患有气管炎病，四娥管她叫四奶。她们两个人每天做伴儿，去大队卫生所打针。有时四奶不去了，而七八岁的四娥就自己去打针，打了两三个月后，四娥的气管炎病居然彻底治愈了，以后再没犯过。母亲高兴地说："四娥这病治好了，太感谢了！"而四娥叫四奶的那位老太太就没有这么幸运了，没有治好这种病，可能是病的时间太久了的缘故吧。

20世纪70年代后期，钟海一家几个大孩子都到了成家立业的年龄，下面就说说他们的情况。

首先说说大郎。

1968年下半年，18岁的大郎毕业后在家待了几个月，就入社当了一名社员，因岁数小，入社之初只挣"七厘谷子"，也就是社员每天挣十个工分，大郎只能挣七个工分。不论怎样，大郎入社家里总算多了一个挣工分的，增加了家里的经济收入。大郎岁数虽小，但在队里干啥活儿都十分麻利，也从无怨言，入社第二年就掌握了各种农活的要领，就成为满工分的社员了。

母亲看着大郎入社已成大人了，就忙着为大郎操办婚事想找个帮手。父亲就托到了林姓"磕头的"——孩子们的林大爷，就把本屯一家的姑娘介绍给了大郎。这一天，大郎用自行车驮着母亲，父亲自己骑着一辆自行车，就去了十余里外的林大爷家，林大爷就将他们领到了姑娘家里"相媳妇"。姑娘与大郎同岁，身高不足一米六〇，长方形脸，肩背略有隆起，小学文化、会抽烟。大郎身高一米六六左右，脸型端正，性格较内向。母亲看后并不太称心，父亲看后说还可以，大郎岁数小，没有发表意见，这样，这对象就算相成了。

没过几日，姑娘和家人来大郎家"相姑爷儿""折礼"。这天，大郎一早就去了生产队，等姑娘家的人都快到了，还不回家。二大爷就去了生产队里，连说带骂总算把大郎叫回了家。不大一会儿，媒人带着姑娘家的父母等人来到了大郎家，全家人大眼瞪小眼，都想看看大郎的未婚妻什么模样。只见这姑娘的肩背略有隆起，后来听大人说这叫"水蛇腰"。经过媒人和两家大人的协商，"彩礼"钱定为四百元，大郎的婚事就定下来了。

1970 年春天，农历三月廿一，这是个星期天。大郎这天结了婚。这是钟海家里的孩子第一次办大喜事，女孩娘家来了三挂马车，大郎父母及家人一顿忙乎且不多说，将大儿媳妇娶回了家，住进了里屋。父母带着男孩仍住在外屋，几个女孩子住在东屋。这个家庭由原来的十口之家变为十一口之家了。母亲终于有了帮手，心里自然高兴。

这年秋天，大郎结婚半年媳妇还没有怀孕。一天大娘、二娘和母亲在一起小声唠嗑，大娘说："大郎都结婚半年多了，咋还没来'小病'呀？是不是大郎岁数小，不知道做'那事儿'呀？"二娘也说："是不是要告诉一下他呀？"妈妈说："大郎也不小了，应该知道，不用告诉。"

这年冬天，大郎当选为队里会计，会计要会"打算盘"，那可是必备的本事。大郎为提高自己的业务水平，请来了屯里的老会计学习，老会计教了大郎一手绝技"大扒皮"——珠算除法的一种算法。之后，大郎勤学苦练，终于成为大队里有名气的小队会计。

过了一年多时间，大郎媳妇终于怀孕生了一个男孩，但生下没过几天小孩就夭折了。又过了一年多又生下一男孩，成了家里的宝贝，大娥、二娥和三娥等都很喜欢这个大侄子，大郎更是喜欢。（孩子的奶奶没有看到大孙子，在两年前就去世了。）

大郎媳妇有了孩子，还得给这个大家子做饭，时间一长，大郎媳妇心里总是感到憋憋屈屈，心想什么时候才能侍候完这一大家子人呢。心里憋屈又不能说出来，那就得表现在行为上。大郎媳妇住在里屋，每次往外走的时候，总是拉着长脸，将脸扭向北侧，背着外屋炕上的人走出去，显然就是不愿看这家里的人，家里人对此，都看得清清楚楚。有时大郎媳妇，不让孩子到外屋来玩儿，将里屋的门关上。三娥实在看不过眼，就敲门喊："让孩子出来，我们还要哄孩子玩儿呢！"然后到里屋将孩子抱出来玩儿。

　　全家人没有与大郎媳妇吵过一次架，每个人都知道自己应该干什么活儿。每天晚饭后，三娥老早就去园子里将柴火弄回屋，将大嫂住的炕烧好，待会儿，大嫂在屋里烟囱处的插板一插，这一宿火炕都热乎乎的。天黑前，三郎老早就从大井那挑水装满水缸，然后把那把柄上刻着几道纹路的木瓢放在缸里，漂在水面上。

　　我们再说说二郎。

　　1971年初，二郎中专没有上成，被人顶替了。二郎倒也坚强，他没有掉下一滴眼泪。事已至此，无法挽回，这时，二郎的学校开办了木工学习班，二郎想学木匠，父母同意了二郎的想法。二郎就开始学习木匠，二郎学习非常刻苦，买了木匠所需的锛子头、斧子头、锯条、刨印、角尺等工具，并学习制作锯拐、刨床等。

　　二郎家有一个远房亲戚，是有名的老木匠，二郎时常去亲戚家与之切磋学习，二郎技术进步很快。二郎学得技术后也常常在家里练手，冬天，将家里的圆木截成段，用墨盒线将圆木划成一道道黑线，立在南园子里，用泥土堆在圆木底部使之与大地冻在一块。冻上一夜，第二天就可以两人破木头了。

　　破木头是一技术活，没有一定的经验是破不好的。二郎常常叫三郎或四郎与他一起破木头，破上一会儿，三郎或四郎这边的锯口就离线跑偏了，他们马上就得告诉二哥，二郎看到后总是"训斥"弟弟一顿，弟弟也不敢出声，之后，二郎与弟弟互换一下位置，继续破木头。通过在家里练手，三郎与四郎也学会了一些木匠的基本知识和技术。

　　有一事四郎总是难忘，有一天，二郎不知从哪儿弄来一根两三尺长胳膊粗的铜管，说要将铜管做成一把角尺。

　　只见二郎用纸贴在钢尺上，剪下来一把"纸角尺"，再将纸角尺旋转贴在铜管上，用钢锯沿着纸角尺间隙的轨迹锯开。然后，将锯开的铜管用火烧软撅直，经过打磨刻上刻度，就成一把漂亮的铜角尺。四郎看到这些，真是佩服二哥的心灵手巧。

　　1973年初，二郎学徒已满，就投奔离家有六七百里的亲戚家，这家亲戚在一座煤矿工作。二郎到了那里，找到了煤矿附近驻军家属区干活，收入不错。

　　二郎在外做木工活儿，每年回家过年时，都要带回三四十斤当地产的优质大米。过年之前，家里人都在盼望着二郎回家。过年前几天，家里人就一直向南国道看望，看大客车停下来了，有人下了车，看是不是二郎的模样。一旦看到是二郎的身影，弟弟妹妹们就跑到南面去接二哥。过年时吃上香喷喷的大米饭，心里都在感激二郎。

二郎性格开朗，到哪儿都能与人交际上，在部队家属区干活，结识了管后勤的管理人员。管理人员将旧军装给二郎拿了不少，二郎将这些旧军装带回家，给三郎四郎弟弟们穿。四郎高中毕业时，就穿着一件浅黄色旧军装上衣，上面有两个小兜，纽扣上有"八一"二字，肩上有两道缝上去的小条杠，是别肩章用的。四郎高中毕业穿着旧军装的单人照，那可是他的最得意之照——照片上的四郎年轻、潇洒、帅气。

1977年底，二郎在外干活也不景气，就回到老家小屯种田了。

我们下面说说家里的二姑娘二娥。

1973年二娥已是24岁的大姑娘了，二娥身高不足一米六〇，脸型方正，单眼皮、略漏牙齿，梳着两个短辫。二娥性情温和、能干活。同屯有一外姓人家，家里父亲当过兵，参加过抗美援朝战争。家里老大是男孩，在外地当兵已有三四年了。男孩人长得白净端正，身高一米七二左右，为人本分，与二娥同岁，他们小学时是同学。

这一天，大娥来到这家里串门，与他父母一起唠嗑，打听当兵孩子的情况，并说二娥与他家当兵的处对象比较合适。其父母当然高兴，都知道钟海一家是小屯里最能干的家庭，二娥人长得也俊俏，老实、孝顺、能干。这之后，就将此事写信告诉了儿子，儿子回信说同意二人相处。这样，二人就写信交流。

1974年夏季，二娥到部队去看望对象。部队驻扎在黑龙江省牡丹江市绥芬河，对象的兵种是骑兵。这一年年底，男孩请了婚假回家，农历冬月初四结婚。结婚这天，队里三挂大车送亲，四郎"压轿"，大车绕小屯一圈，这是当地的习俗，同一个屯子送亲的车不能直接送到婆家，要绕屯子走一圈才吉利。婚假结束后，二娥丈夫回到部队，二娥就与公公婆婆及小叔、小姑们生活在一起。

1975年二娥丈夫退伍，次年二娥生一男孩。又过一年，二娥又生一女孩，两个挨肩的孩子，二娥可是够辛苦的了。二娥克服困难，孝顺公公婆婆，与婆婆一家人相处和谐，与丈夫恩爱有加。

我们下面说说三郎。

1974年7月，三郎高中毕业，父亲怕三郎找不到媳妇，赶忙叫他到生产队里参加劳动。乍到生产队，三郎不太适应，和社员们也不太和群，觉得十年书白念了，自己在校学习成绩总是前一二名，如今和这些人在一起劳动有些亏。在家里也惹人烦，一气之下，三郎把小行李卷搬到了生产队里。

生产队老更倌外号叫"老黏牙"，"老黏牙"就是说话磨叽或啰唆的意思。晚上三郎经常躺在炕上和他唠家常。他是一个爱怀旧的人，把他知道过去的事翻个底朝天，什么东家长西家短、三只蛤蟆六只眼的，在三郎的心里都是一些无聊的东西，但他还是喋喋不休地给三郎讲，显得他知道的事多，直到三郎入睡后他才罢休。有时他把喂马的黄豆捧一捧给三郎，叫三郎在灶坑里用火烧着吃，三郎吃着还挺香。

三郎在队里劳动与外号叫"四小猴"的人在一起，那"四小猴"人长得猴头八相，说话倒是很有趣儿，30来岁了还没有娶上媳妇。

父亲看到三郎一天天不好好在队里干活，心里想这孩子将来可咋办呢。一天，父亲问三郎："三郎你愿意不愿意像你二哥那样学个木匠？将来有个手艺也好娶个媳妇。"三郎寻思一会儿，说："行，我愿意学。"这样，三郎就去学木匠了。

1976年三郎学了一年半，就算出徒了。他这个"半拉"木匠就要去二郎那里干木匠活儿。此时，三郎20岁刚出头，还没出过远门，父亲不放心，帮三郎拿着行李和给亲戚家拿的二十斤小米、五十个咸鸭蛋到县城。父亲又怕他赶不上车，一直等到下午2点钟，直到三郎上了车，父亲才从县城回家。三郎一路走了六七百里地，跌跌撞撞，好歹算是找到了亲戚家。

在亲戚家小住，然后就去了二郎那里干木工活儿了。工地给三郎定为四级工，工资每天两元五角多，相当一个科级干部的工资，三郎很是高兴。开始让三郎干些简单活儿，后来让三郎挂窗户扇。单独一干活，三郎的功底就"露了馅"，三郎挂的窗户扇七扭八歪，主人看后不满意。这时，二郎就得出手给人家重挂窗户扇，这事才算平息。这期间，三郎干活时，难免要受到二哥训斥几句，三郎只能不吭声忍受着，还能有什么办法呢？

三郎这手艺在那干活，能是一种什么样的心情呢？用他自己的话说——就是心酸！共干了六个月活儿，回家过年后，三郎就再也没去外面干活，又在队里当社员了。

1977年秋天到了，生产队开始割庄稼了。高粱是各种庄稼长得最高的，会割的人干这个活儿是个轻巧活，不会割的人则成了最难割的一种庄稼了。因秆棵高，要高出人头几尺，一趟又要同时割上六条垄，对于像三郎这样的新手来说，割起来就难了。社员们看到三郎割得好费劲，就说："你手拿不了几棵高粱，你可以用胳膊抱着，这样抱的就多了，你割的就快了。"三郎照这位社员说的去办，果然这样做，要比以往的办法要快，三郎高兴起来。但这样割有一大弊病——抱多了高粱，自己就看不到高粱秆的下部了。结果没割多远，三郎一使劲儿，一下割到了自己的大腿，伤口很深，三郎本来就胆小，这下可把他吓坏了，呜呜地哭了起来。三郎在家里休息了二十来天，这时，广播里公布了国家恢复高考的消息，三郎就再没有去队里干活，开始复习准备高考了。

下面说说家里的大姐大娥。

1976 年春天，大娥已 30 岁了，在农村早就成为老大姑娘了。大娥之所以这么大岁数还没有出嫁，就是当地人所说的"心高"。大娥从小上学就出类拔萃，回到家乡务农，没过一二年，就当上了生产队里的妇女队长，一当就是十来年。在家里也是几个姐妹中做针线活最好的一个。

大娥总是想脱离农村，上城里生活，即便在农村找对象，家庭也得是富裕点儿有出息的男人。有位初中的同学就追过她，但家里穷大娥没同意；也有给她介绍当教师的，大娥又嫌人家个子矮；给她介绍个画匠，她嫌人家长得丑。就这样，一年又一年，大郎结婚了、妈妈去世了、二娥结婚了，可这位大姐还是未能找到如意郎君。

父亲和家人都为大娥的婚事发愁，父亲到处托人给大娥介绍对象。有一远房亲戚住在县城。这位亲戚就给大娥介绍了一位离婚的男人，岁数与大娥相仿，在县城一个单位当工人。

父亲带着大娥到媒人家见了这个男人，虽然是离婚之人，但说话、举止和身材都不错。大娥看后，觉得这是远方亲戚给介绍的，不会有什么差错。这个男人虽离过婚，但生活在县城，又是工人，大娥自己多年也想在城里生活，这样，大娥就同意了这门婚事。之后，大娥又与这男人见了两三次面，没过两三个月大娥就结婚出嫁。男方家也没有多少钱，只给了大娥二百元钱。大娥用自己多年的积蓄买了些实用的东西拿到了男方家里。

不管怎么说，大娥出嫁了，总算了结了老父亲的一块心病。弟弟妹妹们都盼望着大姐有个好的归宿，过上幸福的生活。

大娥结婚后，发现这个男人是个"懒蛋子"，不好好上班，三天打鱼两天晒网，成天无所事事。不好好上班，家里的生活来源靠什么？大娥知道自己年岁这么大，找个人家也不容易，也就忍气吞声，自己去找点儿零活干。

大娥晚上就劝说男人干活，畅想未来的新生活。可是无论大娥怎样相劝，这个男人始终不改这好逸恶劳的习惯。时间一长，二人就难免吵架，可这个男人不仅懒，还"驴性"，动不动打起大娥来。大娥怎能打过这个大男人，一打仗大娥就跑到婆婆那，婆婆也劝说自己的儿子好好过日子，可是这个男人就是改不了这个恶习。

在这样的环境下，大娥结婚后生活了大半年，一直没有对家人讲，怕老父亲和家人操心惦念。后来，大娥回家只说了一下这个男人懒不干活，没有说二人打仗的事。

有一天，老父亲上县城去卖柴火，顺便想到大娥那去看看，四郎也跟着去了。这还是四郎第一次到大姐家。这时，大娥的婆婆也来到了大娥住的屋，一起和父亲唠嗑，但一直没有见到大娥的丈夫。父亲本来想到这里见一下大娥的丈夫，劝二人好好过日子。大娥要给父亲与小弟做饭吃，父亲说："我们刚吃完不多时，还得上街里去卖柴火，以后来时再说吧。"

转眼到了秋天，大娥发现自己怀孕了，这本应该是夫妻二人高兴的大事。大娥把这大喜事与丈夫说了，但丈夫没有表现出高兴的样子，他已是结过婚有过孩子的父亲，对这些事并不感到稀罕，还是一如既往地过着那种散漫的生活。

大娥就这样带着怀孕的身子度过了寒冬。到了春天，大娥还得腆着大肚子种地，以感化丈夫懒惰的习气，但一切都不如大娥所愿，大娥心灰意冷。一次大娥回到娘家，就一五一十地将结婚至今生活中的遭遇说了一遍。父亲与家人都非常愤怒和伤心，和大娥一同上火，没想到苍天竟对大娥这样不公！大娥说："我现在决定与他离婚，决不反悔，我已在这个家无法生活了！现在，我怀的这个孩子快生产了，只能把这孩子生下来了。"

大娥在家里待了两个多月，丈夫也没来看望过一次。到了七月正是炎热的天气，大娥马上就要临盆生产了。当地有一个习俗：姑娘不好在娘家生孩子。父亲找到大娥舅舅家附近的远房亲戚，三娥陪着大姐到那家去待产。每天父亲都很惦念着大娥，四郎每天上学，要经过大姐暂住的亲戚家的那个屯子，父亲叮嘱四郎每天去大娥那看看。这一天，四郎回家跟父亲说："今天我到大姐那儿去，听说我大姐难产。"父亲听到这些心里更是焦急万分。第二天四郎再到大姐处看望，大娥已产下一女孩，回到家里与父亲说了情况，父亲这才放下心来。次日父亲就带着鸡蛋等补品到了大娥住处，与远房亲戚说些感谢话，又对三娥一顿叮嘱。这样，三娥在亲戚家侍候大姐满月，看着大姐是多么喜欢自己这个小宝贝呀，一天天抱着、看着、亲着、喂着。

大娥女儿满月后，父亲将大娥接回了家。小孩子惹人喜欢，大娥更是对这个孩子充满了喜爱，要知大娥已31岁了，才有了这个小宝宝。就见大娥在小孩子的前额正中点上个红红的小点儿，更增添了孩子的精神头儿。大娥怕孩子哭闹，常常抱着她。

又过了几天，得解决大娥离婚的事情了。父亲带着大娥去到媒人家，他们一同去找大娥丈夫，起初这男人一口咬定决不离婚。后来，媒人又将他的领导找来，领导们早都知道，这男人先前离婚，也是因为他是个"懒蛋子"整天不务正业，就采取了"吓唬攻心"的策略，最终大娥的丈夫同意了离婚。

这一天，父亲带着大娥与孩子一道去了县城，办理了大娥的离婚手续，小孩判给男方。大娥将来还要重建家庭，自己再带个孩子就更困难了。所以大娥忍痛割爱，没有留下这个孩子。

大娥离婚后，心里充满了无限的悲痛。这里有对之前美好梦想的破灭，也有对刚刚生下才一个多月孩子的思念。大娥只能埋在心里不能表现出来，毕竟家里还有弟弟妹妹，更怕老父亲伤心。

转眼到了秋季，公布了恢复高考的消息，大娥只读过初中，毕业又那么多年，现在也没有心思去复习考试。大娥嘱咐三郎和四郎好好复习考上大学，告慰故去的母亲，实现自己未来的美好生活。大娥的表姐给大娥在煤矿介绍了一个对象，大娥去了那里看对象。这一年年底，大娥就去了煤矿那结婚了，再次组建了家庭。

这十年结束了。这期间，母亲去世了；家里八个孩子中四个大孩子结婚成家；大郎分家另过了。四个小孩子，三郎、四郎正准备高考，三娥高中毕业在家做家务，四娥在读初中。

1976 年，正在高中读书的四郎，晚上时常听听广播，听听国家将会有哪些变化。1977 年 3 月 26 日晚上，四郎从广播里听到国家要实行"两条腿走路"上大学的消息，四郎非常高兴，写在了他的日记里。

1977 年 3 月 26 日晚

喜闻我国教育战线实行"两条腿走路"，就是选择工农兵入大学，选择品质兼优的高中生直接上大学，心情非常激动，欣然不寐。

扫除四害气更豪，条条战线展新貌。

品学兼优大学上，两腿走路真正好。

为了实现现代化，科技水平必提高。

如要这样干下去，祖国必将换新貌。

整个校园呈现出一派崭新气象，四郎写在了日记里。

1977 年 4 月 1 日晨　于校

我要永远学习，看同学你追我赶的学习热潮，心情很受感动，为此写诗来抒发。

春风送暖明媚天，群芳复活争烂漫。

梅花虽俏不争春，报引春天向前看。

满园春色万花笑，往复循环大自然。

学习梅花高品质，不骄不躁永向前。

转眼到了夏季，四郎马上就要高中毕业了，他的班主任平时知道四郎学习成绩好，一天，将四郎叫到一边，问四郎："你是否准备复习？"四郎说："我当然要准备复习了，按目前的形势，今后高中生一定会直接上大学。"这样，四郎就没有参加班级的毕业照相仪式，学校也没给四郎发毕业证。新学期开始了，四郎顺利插入了本校高中二年级毕业班进行复习。也许是被老师的关怀所感动，或是对未来前途的憧憬，四郎的母亲与老师进入了四郎的梦境。四郎写在了他的日记中。

1977年9月19日　梦中

昨晚夜里梦见了母亲，这是母亲去世后第一次梦见，以诗记之。

　　　　梦中见到慈祥母，还见我之老师张。

　　　　皆盼共励我上攀，叮嘱话语永不忘。

　　　　母亲情重深似海，我心之中难报上。

　　　　安心休息慈祥母，登攀登攀向前方。

1977年10月21日，公布了恢复高考的消息：高等学校招生采取自愿报名、统一考试、择优录取的办法。并透露本年度的高考将于一个多月后在全国范围内进行。

《人民日报》的头版头条刊发了新华社稿件《高等学校招生进行重大改革》，其中提出当年高考招生范围为："工人、农民、上山下乡和回乡知识青年，复员军人、干部和应届高中毕业生。"具体要求是："年龄20岁左右，不超过25周岁……对于实践经验比较丰富并钻研有成绩或确有专长的，年龄可以放宽到30岁，婚否不限。"

三郎听到这则消息，仿佛如梦幻。此时，三郎因在秋天割高粱割伤了腿，正在家里疗伤。他年满22周岁，没有结婚，完全符合高考条件。他心想：我今生今世还能有机会参加高考。这是不是在做梦？这能是真的吗？

听到恢复高考消息后，三郎有一种感觉——喜从天降！自己的未来有奔头了。

三郎找来高中的课本，开始了复习。没过几天，在公社就办起了高中复习班。三郎和四郎哥俩都在本大队报名参加高考。此时，家里母亲早已去世五六年，父亲在队里劳动。二娥、大娥也已先后结婚成家，大郎一家也已分家单过，二郎在外干木工活儿，三娥在家里做饭。三娥在高中时期，学习成绩也不错，但她说："我学习成绩不如三哥和小弟好，你们哥俩就专心复习，我给你们做饭，希望你们哥俩能考上大学有个出息。"

1977年的冬天，雪下得特别大。哥俩每天踏着厚厚的积雪，走在毛毛道上，往返于八里之外的公社高中进行复习，准备高考。国家已经十年没有进行高考，这将是空前绝后的高考现象。

1977年12月11日，三郎与四郎一起参加了高考，考试进行三天。中断了十年的高考恢复了！共考五科：语文、政治、数学、物理和化学。五科四张卷，每张卷满分100分，四张卷满分400分。第一天上午考数学，下午考政治；第二天上午考语文，下午考物理与化学（一张卷）；第三天考英语，不计分数，只作参考。三郎与四郎都没有学过英语，就没有参加英语的考试。

高考后既没向考生公布成绩，也没公布录取线分数。一个多月之后的 2 月份，好消息传来，通知三郎和四郎哥俩都进入高考录取分数线。三郎与四郎是在不知道自己考多少分数的情况下填报大学志愿的。三郎报考的大学是省内一所医科大学，他想当一名医生。三郎不敢报得太高，好不容易有这次上大学的机会，绝不能错过。

四郎受数学家陈景润事迹的影响，第一志愿报考的是省内知名大学数学专业，他也想攻克"哥德巴赫猜想"数学难题。因四郎还有机会再考大学，所以报考的志愿就高些。填完报考志愿，三郎在家里盼望着大学录取通知书，四郎继续在学校复习功课。

参加高考的人，几乎都是在国家决定恢复高考后，不到两个月的时间里仓促上阵的，全靠以前学习的底子。由此看出，三郎与四郎学习的底子还是很厚的，也说明三郎、四郎在初中、高中时，学校的教学氛围是相对好的。

哥俩到县城检查身体合格，但检查发现三郎的眼睛有"色弱"的毛病。这毛病三郎还是第一次知道和听说。以前对五颜六色的东西是可以辨别清楚的，这次检查身体，方知自己对于几种颜色混合在一起时，形成的动植物、数字图案等就难以辨别出来了。三郎经过各方面"通融"，这一关还是通过了。

转眼间迎来了冰雪消融的时节，春风送来了喜讯。一天，三郎接到了大学录取通知书，如愿以偿地实现了他所报的志愿——被医科大学录取。

全家人都沸腾了，争相看着三郎的大学录取通知书，一个个为他喝彩。三郎内心更是比谁都高兴，看着家人，三郎内心在想：自己上了大学后，将来为家里人要多多做些事情，家里人对我是多么的关心、关爱呀！

1978 年 3 月，三郎就要上大学了，二姐、三妹和大嫂，抓紧时间为三郎做了新的被褥和上学的其他用品。父亲为三郎准备了零花钱，三郎上大学不用交学费，还发助学金。一切准备就绪，这一天，父亲送三郎到县城，带着上学用的行李等用品，三郎上了火车，父亲才往家里走。三郎到了省城又转车，当天就到了学校，开始了他大学读书的生活。

三郎上大学之后的情况暂时不提，说说四郎的情况。

四郎没有被录取，继续在高中复习，准备本年夏季的高考。1978 年 1 月 28 日周六，已是农历二十。放寒假了，他与要好的同学去县城拍了一张照片，照片上写有"鲲鹏齐飞"字样。

1978 年 3 月，召开了全国科学大会，郭沫若在闭幕式上发表了题为《科学的春天》闭幕讲话。那闭幕词真是激动人心啊！有诗句："日出江花红似火，春来江水绿如蓝。"四郎还从来没有听到过这样美妙绝伦的诗句，他也不知此句诗出自谁家，只是觉得美妙、沁人心田。

郭沫若所致的闭幕词，是由播音员念的。在广播中听到，播音员每念几句就被下面与会者的掌声打断，都念不下去了。全国科学大会就在这样经久不息的热烈掌声中胜利闭幕了。它激励着四郎更加努力去学习、奋斗。四郎将班级订阅的《光明日报》刊载此文的一页裁剪下来，一直保存着。

在《光明日报》上，连载了王梓坤教授的《科学发现纵横谈》，四郎读到这些文章如获至宝。《谈演绎法》《定性与定量》《循序渐进与出奇制胜》《谈启发与灵感》……在《谈启发与灵感》一文中，谈到"苯环"结构的发现灵感。四郎所学的化学中，就有苯环分子式，因此，四郎对化学更感兴趣了。文中写道："1864 年冬天的某个晚上，德国化学家凯库勒，为众人百思不解的苯分子中原子排列方式而奋战，在火炉旁看书的过程之中，凯库勒不知不觉进入梦中。这时他看到无数的原子在眼前飞舞，过了一会儿连成了一条直线，像蛇一样回转着，突然，蛇咬住了自己的尾巴，变成了一个环形，在凯库勒面前飞舞，凯库勒像是被电击了一样从睡梦之中惊醒。在奋战了一个晚上之后，他终于证实苯分子C_6H_6的环形结构。"

四郎为那些国内外科学发现和科学家在科学研究中运用各种科学研究方法所折服。四郎还从来没有读过这些科技史和这样"美妙"的科研方法。四郎将这些文章裁剪下来小心翼翼地保存起来。四郎在广播里听到一个下乡知识青年用肉眼发现了新星的动人故事，四郎从心里羡慕，暗暗下定决心：自己更要刻苦学习，将来做一个对国家有用的人才。

四郎与同学们在紧张地学习，高考前几个月，四郎住校学习。校园内没有男生宿舍，四郎与十来个男生住在离学校二三里地的农中，他们早晨早早起来，到学校食堂用餐。主食吃的主要是大饼子、高粱米饭，副食主要是土豆白菜汤、萝卜汤，住校三四个月，仅吃过一两次馒头和一两次大米饭。

四郎学习一段时间后，经过考试分开尖子班与普通班，四郎分到尖子班里。有一次，学校赠给考得全校前十名的学生纪念品———一本日记本，四郎获赠一本。四郎把 1976 年下半年开始写的日记，抄在这本日记本上，从此，开始了他写日记的习惯。四郎在这本日记的扉页上写上大诗人屈原的诗句："长太息以掩涕兮，哀民生之多艰""路漫漫其修远兮，吾将上下而求索"，以鼓励自己。

尖子班的班主任姓闫，四十出头，是师大毕业的，原来在县里重点中学教书，老师还教过三郎、三娥。

闫老师教数学，课堂上有时讲些科大少年班宁铂的故事，还讲些陈景润、杨乐、张广厚等科学家的故事。老师最爱说两句话："弄潮儿向涛头立，手把红旗旗不湿"和"勤能补拙是良训，一分辛苦一分才"，以此来鼓励同学们努力刻苦学习。学校有时晚自习停电，老师就一手举着蜡烛，一手在黑板上讲课。他讲课方法非常活，解题方法也多，受到同学们的尊重和爱戴。有一次老师在课堂上给同学们出了一个数学题：计算两传动轮三角皮带的长度。题目中给出了两轮中心距和两轮半径大小。

通常情况下，两轮大小不一，同学们都用"常规算法"，计算起来较为烦琐。老师出的题目是两轮大小相同，同学们都还在按照"常规算法"进行计算时，有位张姓同学举起手来，说出了答案：三角皮带长度为二倍两轮圆心距与一轮周长之和。

同学们都感到非常惊讶，老师可是喜形于色，夸奖了张姓同学一番。这是四郎心目中班级最聪明的一位同学，也是四郎的好朋友。（但这位同学学习不刻苦、不扎实，考大学时只考上了大专，令四郎惋惜。）

教化学的王老师讲得也非常好，四郎觉得所学的化学知识，自己一辈子都忘不了。教政治的老师讲得也不错，有一次，四郎在完成"内因和外因的辩证关系"的作业时，以"鸡蛋与石头"为例来说明：给鸡蛋适当的温度，能孵化出小鸡；但无论给石头多少温度，都是不可能孵化出小鸡的。此篇作业受到老师好评，还在班上作为范文给同学们进行讲评了呢。

一次物理学老师讲到光的散射时说："大气本身是无色的，但人们看到的天空为什么是蓝色的呢？"

老师接着说："今天，我就来解释一下这个问题。原来空气中有不可消除的杂质，阳光通过它时，部分光线就会改变方向，这种现象就叫'散射'。我们知道光线是由七种不同波长的光线组成，这时，波长较短的紫、蓝、青色光波最容易被散射，而波长较长的红、橙、黄色光的透射能力较强，它们能穿过大气分子和微粒，保持原来的方向前进，很少被空气分子散射，对下层空气分子来讲，主要是蓝色光被散射出来，因而人们看到的天空是蓝色的。"

老师又说："海水本身是无色的，那么人们看到的大海怎么会是蓝色的呢？你们自己去思考一下这个问题吧。"

　　通过科学理论，可以解释许多自然现象，四郎更加渴望获得更多的自然科学知识了。毕业前，四郎加入了团组织，成为一名中国共产主义青年团员。六月份学校请来了照相师傅，在学校给同学们拍了毕业照，男同学和老师头上都戴着帽子，身穿四兜上衣，上衣兜都别着一支或两支钢笔。

　　时间很快就到了7月，马上就要高考了。高考前两天，四郎回到家里，二哥将自己的手表撸下来给了四弟，二郎说："小弟，考试这两天，你戴上手表，好掌握答题时间。"四郎说："谢谢二哥。"二郎还说："小弟，我听人家说，考试时吃点儿'正痛片'脑袋清灵儿，你也带上几片'正痛片'，考试前吃上半片。"四郎说："好，那我就带上几片，考试前吃上半片试试，看效果怎样。"

　　1978年7月20日至22日，是全国统一高考的时间。考试的科目有：政治、语文、数学、物理、化学共五科。每科满分100分，五科满分500分。理工科的考试日程为：7月20日上午考政治，下午考物理；7月21日上午考数学，下午考化学；7月22日上午考语文，下午考英语（可以不考、不计分数）。

　　高考第一天就下起大雨，四郎没有忘记二哥的嘱托，戴上二哥的手表，考试前吃上半片"正痛片"。第二天上午考数学时，在四郎身上发生一段难忘的小插曲。

　　考数学时，理科和文科的考题在一张卷子上，只是标注哪道题由文科考生答，哪道题由理科考生答。其中有一页卷子上标有：理科数学1～4题，文科2～3题。四郎误以为理科只答1、4题，而没有答2、3题，这样少答了两道题，两道题的分数共计26分。四郎在复习时曾见到过相似类型的题，是能答上这两道题的。这样，四郎就白白丢掉了26分。

　　四郎在答题时，也曾计算一下整个数学题目标注出的分数，总分数不够100分。而数学考卷最后还有两道附加题，这样，考题的分数与附加题的分数混淆在一起，又因数学题较难，四郎直到考试结束时也没有答完卷。就这样，四郎"稀里糊涂"地丢掉了26分。等到同学们互相对题时，四郎才发现自己"漏答"了两道题，有些懊丧。有一位同学对四郎说："监考老师到你那看过，之后已经提醒过你，说同学们不要漏题，可能你也没有在意。"四郎说："我一心在答题，根本没有听到老师的提醒。"

　　数学考题确实很难，有一道解析几何题，过后教数学的老师对学生们说，他当时也没有做出这道题，回家经过反复思考才解了出来。老师给同学们进行了讲解，画出的图是一组开口向上的抛物线——像一个个"小筐"，老师打趣儿地说："这组'小筐'确实很难！"

虽然四郎在考完数学时有些懊丧，但并没有影响其他科目的考试，下午考化学时，四郎提前就答完了卷子，并检查了好几遍，当交完卷子时，他自信能打100分，等高考分数下来时四郎化学打了96分。

高考完毕，四郎将他参加高考的"准考证"保存起来，作为纪念。

考完试就要离校了，四郎送给班主任老师一个日记本，在日记本扉页上写下数学家华罗庚《西江月·再读〈攻关〉》的诗句：

> 细心领会攻字，浏览有何困难。
>
> 纵然读书破万卷，不化还是空谈。
>
> 只有硬拼苦打，为营步步登攀。
>
> 功夫到时红旗展，含笑跨上雄关。

下面写上：以此让我们共勉。并写上自己的名字。

四郎回到家里，等待着高考分数公布，憧憬着未来。这一日，终于有了喜讯，四郎写在了日记里。

1978年8月5日

今天中午我骑着自行车急驶向我的母校，想询问一下高考情况——分数发表时间。真出乎我的预料，我高考的分数老师已经知道了，我打了334分。我简直不相信自己的耳朵，但事实确是这样……

没过几天，四郎再去学校，看到与学校隔着一条道的公社门口大墙上，贴出了用大红纸写的高考榜单。第一名就是四郎的名字，第二名是一位知青，他考的是文科，总分少于四郎4分。

四郎所在高中，共考上大学与大专六名同学。与四郎同一小屯的三个伙伴儿都没有考上，之后，他们有的当了兵、有的学画画、有的继续复读。

四郎给人的印象是：老实厚道、不骄不躁。四郎并不知道有句名言："人不可有傲气，但不可无傲骨。"但他就是这种性格的人。从上学开始，他没有看不起谁，但内心也没有服过几个人。今天，四郎看到榜单——感到一种荣耀！感到争气！感到高考是多么的公平啊！

四郎为什么能考得全公社第一名呢？一是底子厚。二是学习用功刻苦。这里就说两件事儿。

1977年夏天，四郎家的小屯放电影，四郎放学后走到一树林带高坡处，想起一道数学题，就在那儿坐下来演算起来。不大一会儿，恰好来小屯看电影的同学追上了四郎，当同学们看到四郎在这里学习，都感到十分惊讶！

1977 年过年的三十晚上，饭桌都放好了，四郎觉得还有一点儿时间才能吃饭，四郎就又在桌上学习了一会儿。

三郎收到大学录取通知书后，四郎更加刻苦学习，在自家里屋西北墙角处，放上一张地桌，墙上贴着一些励志的名人名言。桌子上方挂着一盏洋油灯，以备停电时用，晚上回家就坐在那里学习，一学就学到 10 多点钟，有时太累了就趴在那里睡一会儿。

四郎这次高考，是在知道高考分数、本科与专科录取线后，再进行填报志愿的。本科录取线是 300 分，四郎高出本科录取线 34 分。这次，四郎没有再报上次的名牌大学和数学专业，而是报了地质院校。四郎在听广播里听到过一部地质勘探小说，他立志要浏览名山大川，报考了全国重点大学——×× 地质学院。

这期间，四郎在想：大学到底是个什么样子呢？还用黑板讲课吗？……一个多月后，四郎检查完了身体，收到了 ×× 地质学院的录取通知书。家里早已为四郎准备好了上大学的行李等用品。

1978 年 10 月，二郎送带着行李的四郎到县城火车站。这是四郎第一次坐火车，第一次离开生活了十九年的小屯——他难忘的故乡，奔向梦幻中的大学。（后来得知，1977 年全国共有五百七十多万人参加了考试，录取了二十七万三千人，录取率仅为 4.74%；1978 年高考全国共有六百一十万人报考，录取了四十万两千人，录取率仅为 6.59%。）

恢复高考的第一批七七级学生，是冬季考试、第二年春季入学；第二批七八级学生是夏季考试、秋天入学，两届招生入学时间仅相隔半年，这是中国高考历史上的特殊事例。

四郎所在公社，两次高考升入大学的才二十多人，那可是有百八十个小队的呀！小屯一家一年出了两个大学生，对于祖祖辈辈都是面朝黑土背朝天的农家来说，可谓凤毛麟角。钟家屯钟海一家轰动了全公社的十里八屯，名噪一时。

三郎、四郎都考上了大学，没再像二郎那样，有人"顶替"他们了！时代进步了，公平竞争！上学不再是"推荐"而是"考试"！

妈妈虽没能看到这一天，但相信她在天之灵，也会得到安慰、露出笑容！

II

我们看看三郎上大学的学习生活，和毕业后的工作与婚姻家庭情况。

1978 年 3 月 10 日，这是三郎难忘的日子，这一天，三郎踏上了大学的征程。三郎乘车顺利到达他报考的学校医学院。到学校报到后，还要复检身体，三郎知道自己有"色弱"的毛病，就借来医院要复检时用的"色盲检查图"，进行反复"练习"，但在身体复检时还是没有过关。在医学院念了两个多月后，三郎被调到该市一所师范学院的数学专业，但已从医学院的四年本科降为师范学院的两年专科。

三郎有些上火，但没有其他的选择，也只能如此了。三郎放宽心，在师范学院潜下心来读书学习。三郎自己心想，能早毕业、早工作也好，好减轻家里的负担。

师范学院的环境很好，教学主楼是 20 世纪 50 年代的苏式建筑，阶梯教室宽敞明亮，食堂的伙食要远好于家里。宿舍也是三座苏式建筑的小二楼，楼内不通自来水，生活起来虽然不是太方便，但三郎很喜欢这些苏式楼房。三郎感到自己是世界上最幸福的人，他站在学校图书馆前，看到那棵老榆树似乎也在向他微笑，仿佛在说：学院欢迎您！三郎深知这来之不易的上大学机会，深深懂得"业精于勤，而荒于嬉"的道理。他每天都认认真真地听课、做作业、上晚自习，时常通宵达旦地学习。

大学的生活丰富多彩，三郎所在的数学系分三个班，三郎是三个班里年岁最小的一个。多数同学都是家住本市的"走读生"，大部分同学是"老三届"高中生，都已经娶妻生子了。从小三郎对数学就颇感兴趣，微积分是三郎最喜爱的一个科目，大家感觉很神秘，可是三郎学习起来却很轻松，同学们都很羡慕他。同学们每逢周日，要回去看看老婆和孩子。回来后，要讲一些体会，逗得同学们哈哈大笑。用三郎的话说："那个高兴劲儿，就像从自己的肉里拔出一根小刺儿那样舒服。"

同学们都很喜欢三郎，因他在班级年龄最小，亲切地叫他"老疙瘩"。有一权姓同学是朝鲜族人，发给他每月的"细粮券"，吃不了剩下的就给三郎几斤，让三郎能多吃些细粮。三郎与一张姓同学相处得如同亲兄弟一样，张姓同学长三郎10岁，对三郎的生活倍加关照。在校学习期间，三郎的扁桃体经常发炎，后来张姓同学带着三郎去市中心医院做了手术。手术后帮助三郎打饭，还给三郎买好吃的水果。中文系的周姓同学与三郎相处得也很好，周姓同学平素爱写一些诗词，每次写完都要给三郎看，他们一起交流，从中三郎也学到了很多与诗词相关的知识。音乐系的同学女生较多，她们大多娇美漂亮，年轻学生们都喜欢听她们唱歌，三郎也是其中的一个。每当她们的"小教室"传出好听的歌声时都想去听一听，顺便看一看。当听到她们唱朝鲜电影《摘苹果的时候》主题歌时，三郎兴奋得不得了，后来三郎跟着她们学会了这首歌。有时她们也到三郎宿舍来拉家常，高兴时就唱上几首歌。

有一次，数学系的女团支部书记，周日给三郎送来一张电影票，是日本电影《追捕》，让三郎一起去和她看电影，三郎愣是没去。（后来三郎自己感叹：好可悲的农村孩子啊！）三郎同班那位张姓同学，把他的亲表妹介绍给三郎。一天，张姓同学领着三郎到了他亲表妹家里，事情不巧，给三郎介绍的对象没在家，她的姐姐和妹妹在家里，三郎看到她们长得较黑，三郎就没去见给他介绍的对象，而实际给三郎介绍的对象，比她的姐姐和妹妹长得都好看。还有一位同学把一位报社社长家的女儿介绍给三郎，说是如果二人相处成了，三郎就可以留在上学的城市。有的同学对三郎说这位同学办事不靠谱，三郎也就没去看这位同学要介绍的对象。因为这样的阴差阳错，三郎在校没有解决个人的婚姻大事。

说到三郎读大学的城市，对三郎来说还有一段小插曲。三郎读书期间，三郎的大姐夫出差，顺便到了三郎的学校看望三郎。三郎与姐夫晚上一同去电影院看电影，结果小偷把三郎带的钱给偷去了，三郎感到挺窝囊。由此，三郎对这座城市产生了不好的印象，这也是三郎不愿留在那座城市的原因。

1979年夏季，三郎大学毕业了，实际在校学习时间也就一年半。在校学习了哲学、高等数学、高等代数、概率论与数理统计、场论等课程，三郎圆满完成了学业。学生毕业分配的原则，基本上是"哪来哪去"，城市来的学生回到城市，农村来到学生回到农村。三郎满怀对未来美好生活的向往和憧憬，被分配到家乡县内一小镇的高中任教。这个小镇距县城六十里路，三郎虽感到不理想，但从事了教师工作，不用再干"地垄沟里找豆包"的活儿了，还是感到很满意。

学校来了一位国家恢复高考后第一批大学毕业生，学校领导与老师都很器重三郎。三郎也很珍惜自己的这份工作，为讲好每一节数学课，三郎总是贪黑起早进行备课，把以前在高中学到的知识，加之自己的钻研体会，传授给他所教的学生们，受到学生们的一致好评。

但时间一长，三郎感觉学校的生活单调乏味。每天除了坐在办公室里写教案、备课外，似乎再也没有什么事可做了，一时感到内心空虚、无助和迷茫。

三郎工作一段时间后，同事了解到25岁的三郎还没有对象，就开始给他介绍对象。介绍的对象是中专毕业，工作已有六七年了。老家就在这小镇附近，现在是县城医院的一名化验员，大三郎一岁。三郎本就不太满意自己被分配的工作环境，心想自己念一回大学，虽然逃离了"苦海"，但还是没有脱离这农村。若能找一个在县城工作的对象，今后也能调转到县城里去工作。

三郎在媒人的带领下，看了对象。女孩身高一米六〇左右，圆脸、眼皮有点肿眼泡儿，梳着"五号头"，见人热情、会说话。而此时的三郎，身高一米六六，脸型方正，五官端正，穿着干净利索。三郎是哥四个当中最爱打扮、会打扮的一个，性格相对外向，比较健谈。要知道三郎可是国家高考后第一批大学生，男女双方见面后，都相互看好，二人便开始谈起恋爱。

这是三郎第一次谈恋爱，谈恋爱给三郎带来了精神享受，三郎又找回了人生的自信和对美好生活的热爱。两个人的单位相距六十里路，不能常常见面，只能在周日才能得一小聚，他们彼此谁也不肯放过这个好机会。二人都很传统，一本正经，见面时先是寒暄，然后开始谈论一些工作和学习方面的事。

时代阻挡不了青春的涌动和固有的激情，慢慢地，他们开始有了一些小动作，比如牵牵手——这牵手可是一件激动人心的事！人们常说牵手如触电，而三郎觉得牵手如触电加温暖，因为它不仅让你兴奋，还多了一份温馨。渐渐地，周日成了他们的快乐节日。一次，三郎先去了女孩的家，三郎想顺便也回老家去看看。到了老家还好，先是和老父亲及兄弟姐妹们拉拉家常，可是说着说着便走了神，还是想马上回到女孩的身边，这样就匆匆地告别了老家。

还有一次，女孩的好朋友回老家时，给三郎捎去一封女孩的信，没等看到信的内容，三郎心就直跳，好像见到了女孩一样，兴奋不已。当拆开信时看到内容："爱情像准时启动的列车；爱情是新生活的开始；爱情从来没有结局……"一封短短的信让三郎彻夜难眠，爱情真的是痛苦中的幸福啊！每次到县城里与女孩相约，女孩都会给三郎准备一些可口的饭菜，让三郎度过每一段快乐的时光。

每到周日，女孩回老家或三郎到县城，二人见面，互相了解，谈情说爱。经过一年多轰轰烈烈的热恋，互相之间都比较了解了，二人的岁数也都不小了，早到了谈婚论嫁的时候。三郎刚参加工作一年，也没有攒下什么积蓄。三郎父亲给三郎准备好了做家具的木料，二郎给三郎做了一套家具——"高低高"、橱柜、衣柜。女方家里也是农村家庭，家境一般，女孩用自己积攒的钱买了些日常生活用品。

1980 年 12 月 14 日，26 岁的三郎结婚。二人结婚的方式是"旅行结婚"。之前三郎给四郎写了信，说是某日到省城，带着未来的嫂子到四郎那儿去看看。三郎结婚这天是星期天，三郎携带妻子乘火车到了省城，然后到了四郎所在宿舍。四郎见到了三哥和三嫂很是高兴。哥俩唠了一会儿，三郎说："我们再到商店去看看，然后就回家了。"四郎也没有多留，就将哥嫂送到要去往商店的公交车站，四郎送哥嫂上了公交车，就回到了宿舍。由于时间关系，也是四郎年轻不懂事，没有请哥嫂吃顿饭，四郎心中对此事一直感到有些愧疚。

新婚宴尔，三郎夫妻投入爱河之中。三郎夫妻二人，暂住在女方工作单位多年没有人住的一间闲置房间，只有一间寝室，没有厨房，做饭烧菜要到走廊用柴油炉。三郎仍在距县城六十里地的小镇上班，不能天天回家。

这年春节，三郎带着妻子回老家过年。这时，二郎结婚也就一年多时间，与父亲在一起生活，家里还有三娥、四娥。过年时，家里来的人可是不少，四郎小时候的小伙伴儿，大郎、二郎、二娥家的孩子，都集聚在一起。三郎最善于组织孩子们聚会了，他让孩子们在一起唱歌、诵诗比赛，大人们看他们的表演，兴致盎然时三郎也一展歌喉。家人在一起唠家常，其乐融融、好不热闹。过年期间，三郎媳妇有空时，还自学日语呢。

过完年，三郎夫妇回到自己的家里，继续上班工作。过了几个月，三郎调到县城教师进修学校当老师。三郎媳妇是位化验员，每周都要值班。三郎一个人在家感到没有什么意思，妻子值班时，就到医院与媳妇同住在值班室。医院值班室哪是新婚夫妻待的地方，晚上一会儿来个患者"当当当"敲门，媳妇就得去办理相关的事，回来躺下不一会儿，又来了另一个患者"当当当"敲门。三郎刚来点"兴致"，就被这敲门声给打断了、惊扰了。三郎这一宿哪还能睡个好觉？新婚夫妻的幸福感全被打消了。

这之后，三郎媳妇家的父亲、妹妹也常常来三郎家长住，挤在家里一铺小炕上，这也影响了二人的正常夫妻生活。三郎又不好意思说这些，而三郎的媳妇却全然不晓得三郎的内心感受。

次年正月，夫妻二人的爱情结晶——儿子出生了。孩子出生后，二人非常高兴。他们住的房子无暖气，四面都透风，孩子冻得整天哭叫，三郎媳妇没多少奶水，孩子主要吃奶粉。三口之家住了不长时间，单位不许他们继续在那里住了。三郎媳妇休产假，带着孩子到三郎父亲那里暂住两三个月。这段时间，三郎只好每天通勤往返三十里到县城上下班，下班时，在县城买些蔬菜等，到父亲家与二嫂一家一起吃，此时，二郎在外地干木工活儿。

三郎媳妇休完产假后，三郎一家就搬到县城边的出租房去住了。租的小房共两间，是正面朝东的厢房，非常低矮。房子前还有一个大坑，常有鸭鹅来洗澡，"呱呱、嗷嗷"叫唤。面对此环境，三郎夫妇虽不算太满意，但总算有个独立居住之地，感觉还是安心。

三郎在生产队当社员的时候，父亲就知道三儿子不愿在队里好好干活，还担心过三儿子这辈子说不上媳妇呢。这回三儿子上了大学，参加了工作，又成了家，父亲也是满心欢喜。父亲惦记着三儿子家，常常去三儿子家看看。此时，小屯已包产到户，父亲每次去三郎家时，都用大郎家的车马，拉些大嗑秆儿、苞米瓢子等柴火给三郎家送去。夏秋时节，随便再带些家里种的蔬菜瓜果之类的东西。之后，三郎夫妇又搬到三郎单位分的宽敞一些、大一点儿的房子里，父亲有时到三郎家小住，他总是把装煤的仓子打扫得干干净净，临走之前还要劈一大堆木头绊子。七十多岁的老人，还为孩子分担各种杂务活儿。三郎夫妻二人都是有见识有文化的人，但在生活中有时不能互相包容，彼此互不相让。有一次，二人吵架后，媳妇来到小屯找公公评理，公公到三郎家说了一顿儿子，这样二人又和好了。后来，二人还是时常吵架，等媳妇再来找公公评理时，公公则说："现在儿子大了，我的年纪也不小了，我不能老是说儿子。我看你们吵架，都是因为一些鸡毛蒜皮的事儿，相互谦让一下不就好了吗！你们自己的事最好自己解决吧。"

三郎媳妇不擅长做家务，三郎的衣服都是自己来买，家里孩子的教育、买衣服等各种杂事，都得由三郎来操心。三郎对孩子的教育，可以说费尽了心血。

上幼儿园之前，三郎就准备了拼音字母卡片，开始教他读卡片、数数，给他讲故事。进了幼儿园，在园里找了一个最好的老师和最好的班。三郎天天用自行车驮着孩子去幼儿园，在上幼儿园的路上，孩子喋喋不休地发问，三郎总是耐心地作答；放学的时候，三郎哼哼呀呀地教孩子唱歌。晚饭后三郎给儿子讲《西游记》里的故事。深夜里，三郎紧靠着孩子，怕儿子受惊、凉着。

上小学时，三郎给孩子准备了两套日记本，让儿子写日记，给他检查、改正，并一直保存儿子小学期间的十几本日记。三郎给儿子归纳总结数学学习方法，孩子的学习成绩提高很快。

上初中时，孩子上的是县城最好的一中，去的是最好的班。在老师、学生以及家长的关怀帮助下，中考成绩为全班九十名学生的第六名。

上高中时，三郎常给孩子收集数学竞赛题、试卷，分析考试的得失，制订学习计划。儿子高考考了班上的第四名，如愿以偿地考上了"211"大学。三郎一直保存着儿子从小学到高中每一次考试的成绩单。

20世纪80年代，正是改革开放之初，国家非常重视教育、科技工作。为提高教育水平，各县都办起了教师进修学校，三郎在学校中担任数学辅导，常常到基层学校听课，对基层学校的情况比较了解。

四郎也参加了工作，哥俩一个搞教育，一个搞科研。哥俩常通信了解对方的情况。

三郎是个"性情中人"，他在接到大学录取通知书时，心里就想：将来有机会一定要报答家人对自己的关爱。三郎参加工作之后，一有机会总想报答家里的亲人。三郎常常回到老家，给老父亲零花钱，也给大哥、二哥家买些肉食品、蔬菜等。

12

我们看看四郎上大学的学习和生活情况。

1978 年 10 月，四郎带着行李，坐上开往省城的火车，奔向他梦想中的大学学习。这是一所全国重点大学，所学专业为水文地质。

学校在省城火车站设有新生接待站，四郎顺利到达学校学生宿舍。按大学录取通知书要求，16 日到学校报到，并复检了身体，都没问题，于是开始了大学的学习生活。

四郎所在系有新生一百五十多人，分五个班，四郎所在班有三十二名同学，他们来自福建、安徽、四川、山东、山西、北京、河北、黑龙江、吉林、辽宁等省市，可以说是来自祖国的天南地北。其中直接从学校高中生考入的有十四名，从社会考入的有十八名。班内同学最大的 23 周岁，最小的同学仅 16 周岁。同一系同一专业中最大岁数的同学还有 30 多岁的。

初上大学的四郎，在生活等各方面有些不适应。同学们说话南腔北调，有些听不清说什么。同学们住的是上下铺，面对的每个同学都是陌生人，同学们的生活习惯也不同。

四郎从小一直在农村长大，上县城的次数也是屈指可数。小学、初中都是在离家一里地的学校里读书，高中在距家里八里的中学读书。在家里八个孩子当中排行老七，从小就是个腼腆的孩子。今天上了大学，面对的都是新鲜事物。第一次上厕所，使用的是用水冲刷下水道的便池子，四郎可是第一次使用。看着便池子里有个下水洞，四郎都不知怎样下蹲呢。

学生们上大课，一百五十多人同在一间阶梯大教室内；上课时的教室也不固定；上课时也不背书包了，根据课程表，拿着相应的书与笔记本就可以了；没有作业本，做作业时，用几张纸做完交上，下次再做作业，再换新的单页纸。在食堂吃饭时，排着二三十人长长的大队。

四郎所住的宿舍恰好位于十字路边的四楼，早晚上下班时，在宿舍向下一望，骑自行车的工人在等红灯时，可以说是人山人海，前后左右排列着长长的车队。骑自行车的人一条腿支在地上，另一条腿搭在自行车的另一侧。绿灯一亮，众人踏车就走，真是熟练省时啊。

对于四郎来说，一切都与从前发生了巨大的变化，他感到有些陌生。四郎在日记中记录了他初上大学的感受和感想。

1978 年 10 月 18 日

牢记教导：情况总是在不断地变化，要想让自己的思想适应新的情况，就必须学习。

1978 年 10 月 27 日

上大学是以前的梦想，今天却成了现实。这是翻天覆地的变化，第一步走出去了，但万里长征怎样走完，怎样才能实现自己"最美好的梦想"，这是一大难题，所以要重新走自己的路，不辜负党、人民和自己亲人的希望，奋勇前行。

1978 年 11 月 1 日

今天进入大学学习已经十七天了，由于生活的不同，买了不少零食吃，花了不少钱。今天又买了点饼干吃，花了三角多，零食好吃，但钱不易得，家里一个劳力一天才能挣得二三角钱。想到这里，自己感到非常惭愧，自己不能挣钱，还这样乱花钱，真是问心有愧，就是自己到了能挣钱的时候，也不能乱花钱。

今后绝不乱花一分钱，一分一分凑起来买一本书，买一点对自己学习有用的东西，人不是为吃而吃，而是为工作而工作。

1978 年 11 月 6 日

家中哥哥和姐姐来信，都在叮嘱我好好读书，思想进步，要与同学搞好关系。家里父亲身体都好，让我免去对家中的挂念。我一定不辜负哥哥姐姐的希望，努力学习，刻苦攻读。

大学的学习生活，让四郎学到了从前未学习过的知识。刚开学时学习了一门课，叫"地质学概论"，从中知道：地球内部结构分地壳、地幔、地核三部分。地球还分大气圈、水圈、岩石圈。岩石又分岩浆岩、沉积岩、变质岩。学习了地球、太阳系、银河系和宇宙之间的关系，原来地球在宇宙之中只是沧海一粟啊！地球也有年龄呢，嗨！地球诞生已有四十六亿多年了。生命的起源、寒武纪生命大爆炸、恐龙的绝灭、人类的起源等，还有不少未解之谜呢！

特别是讲到地震时，四郎更是听得认真。老师讲到，地震是由于地下深处岩石破裂、错动，把长期积累起来的能量急剧释放出来，以地震波的形式向四面八方传播出去，到地面引起的房摇、地动、泥石流等现象。

老师还讲了雨形成的原因。简单地说，雨是陆地和海洋的水吸热形成水蒸气，水蒸气上升遇冷变成小水滴，小水滴形成云，云中的小水滴再变成大水滴，当大水滴从云中落下来，就形成了雨。

四郎小时候，在家乡听大人们说："地震是大地之下水中那条大鱼眨眼所致；雨是龙取的水所致。"唉！原来根本不是那么回事呀！四郎开阔了视野，感到自己原来是井底之蛙呀。

上英语课，从A、B、C……二十六个字母开始学起。这是四郎从来没有接触过的新课程，四郎想：这回自己也能说说外国人说的话了。

还有几门课程也给四郎留下了深刻的印象。

教高等数学的老师，每节课虽拿着教案，但上课从来不看一眼教案，水平真是高。由于用的黑板是用墨汁涂上的，擦黑板时弄得满手全是黑墨，老师很不高兴，与学校相关部门提出意见也没有解决。一次上课时，同学们都坐在下面等着听课，可老师来了后，看到黑板还是没有换，就罢课不讲了。后来，学校还是将那块木质黑板换上了玻璃黑板，问题算是解决了。

地质学中有一门叫"大地构造学"的科目，主要讲的是区域构造形成机理的。多年来，国内外科学家提出了不少学说，其中"板块学说"在国际上影响最大，中国科学家李四光提出了"地质力学"理论。给四郎上课的老师是地质力学理论的崇拜者，不满意板块学说。在讲到大地构造时，总是对板块学说不屑一顾。老师上课时，谈到板块学说时，总是爱说一句带有讥讽意思的话："东碰一下子，西碰一下子。"意思是说板块学说没有地质力学理论科学。

有一门课程叫"数学物理方程"，讲的是典型的物理方程的解法。这些方程都是些"偏微分方程"，一个方程的求解过程，写满一黑板也写不完，老师擦完黑板接着继续解题，真的好烦琐，但它的用途可是很大。

肉眼鉴定岩石——给岩石定名，是学生们必须掌握的基本功。同学们在考试前，多次到岩石实验室进行观察鉴定。最后，有的同学闭上眼睛，手摸着岩石，也能"鉴定"出岩石的名称了，这真是功夫呀！

四郎同班有一位较聪明的陈姓同学，全班同学都学一门外语——英语，可他又自学一门日本。课余时间，跟着收音机进行学习，真是精力充沛。他还对电子学感兴趣，自己就借来电子学方面的书自学。他对地质学不感兴趣，想转到其他学校或本校的其他专业，可那是很困难的事。（毕业后，这位同学还是考上了本学校地质专业的硕士研究生，后来又读了博士，毕业后在大学担任教授。）

以上说的是课堂上的事儿，在课外也有不少有趣儿的事儿呢。

刚上大学不久，在校园内外兴起魔方热，同学们都购买魔方玩。玩法是将魔方的六面六种单一颜色打乱，通过转动恢复成六面六种单一颜色。魔方奥妙无穷，但玩起来的难度很大，过了一两个月，同学们玩魔方的兴趣也就没有了。

1979年电台播出刘兰芳播讲的长篇评书——《岳飞传》，每天午休时，四郎宿舍的同学都要听完《岳飞传》再休息。评书讲得好精彩，令人难忘！什么翻蹄撂掌、四马攒蹄、银枪银甲素罗袍……在战马嘶鸣、金鼓大作处，又运用了口技，真是有声有色。把岳飞、金兀术、牛皋等人物描写得绘声绘色。评书讲得真是栩栩如生、活灵活现、如临其境、妙趣横生啊！每次讲到"欲知后事如何，且听下回分解"时，同学们都会发出"嗷！"的一声，欢呼一下，然后就开始午休了。

岳飞的《满江红》词，真激发人的斗志，同学们都非常喜爱。有的同学还常大声朗诵：

"怒发冲冠，凭栏处、潇潇雨歇。抬望眼、仰天长啸，壮怀激烈。三十功名尘与土，八千里路云和月。莫等闲、白了少年头，空悲切。

靖康耻，犹未雪；臣子恨，何时灭。驾长车、踏破贺兰山缺。壮志饥餐胡虏肉，笑谈渴饮匈奴血。待从头、收拾旧山河，朝天阙。"

学校大食堂里有几千人，每到用餐时，真是困难，排队打饭的人每队都要排三四十人，排到前边的可以打到好菜，排到后边的就没有好菜了。这上千人的大食堂，吃饭时没有凳子、椅子，仅有饭桌，同学们都站着吃饭。同学们一边吃着饭，一边看着本班级订阅的报纸，一群年轻人聚集在一起，好有生气！

同一寝室的同学，每天早晨都有轮流值班的要打开水，四郎所住的宿舍里有两个暖瓶，打开水的地方在一楼，仅有两个烧煤的锅炉烧开水。同学们要想打到开水，就得老早起来，排在前面。排在后面的人打开水时，烧水的师傅就得向锅炉内添加凉水，这时的水已经不开了，就得等上一段时间。每天打开水时，排队的人要排上百个，那暖瓶就更多了，从锅炉房里排到走廊几十米远，同学们一边排着队，一边在那里背英语单词。

　　四郎住的宿舍是六楼，三楼住的是女生，四郎同一专业的七七级有位美女，长得真是漂亮，圆脸、大眼睛、双眼皮。与四郎是同一个系的，四郎打水时或放学用餐时，经常能看到这位美女。四郎的一位同学，看上了这位美女，但这位男生长相一般，也没有什么出众的地方。但他胆大，竟向这位美女求爱。当然是碰了一鼻子灰，这位男生由此患上了相思病，后来休学一年。

　　一次学校举办摄影展，四郎到展厅去看照片，看到有位同学拍摄的照片，是前届同学到五台山地质考察，遇到了一位五台山和尚，这位同学与和尚合影留念，照片底下写有文字：五台山"遇故"。同学们看后，觉得非常有趣儿。因为人们常把搞地质经常跑野外的人叫"地质和尚"，那位同学就是位"地质和尚"，这次在五台山上遇到了真正的"和尚"，他们都是"和尚"——不是遇到了"故人"吗？

　　同学们学习的劲头儿真是高呀，傍晚时经常能看到同学们在路灯下看书，四郎有时也加入这个行列。四郎所住的宿舍，在有重要的电视节目时，就会将电视放在六楼的走廊处，供学生们观看。

　　1981年11月16日晚，上百个同学看直播，在日本举行的第三届世界杯女子排球赛，当看到经过两小时的鏖战，中国队以三比二战胜日本队，首次夺得世界杯赛冠军时，同学们真是"疯狂"了好一阵子，在楼上扔东西、摔东西，凡是有响的东西就是敲呀、摔呀，以发泄高兴的情绪。狂摔了一阵后，同学们就上街游行，高呼着口号，庆祝中国女排首次获得国际大赛冠军，那可真是难忘的一幕！

　　四郎大二的时候，省大专院校举行全省体育大会，四郎所在学校获得全省第一名，这可是多年来没有过的好成绩。为此，全校还举行了游行庆祝活动。这主要的功劳是七七级的学生创造的。四郎感到，七七级的学生，就是一个字——"棒"。他们不但学习态度热情，学习成绩也好。在文艺、体育、社会交际能力等方面，就是与往届的学生不一样。他们基本都来自社会，他们有社会经验，是考生中积累在一起的一群"精英"。

　　这一年，四郎的班级还发生了一件事。四郎的一位同学，刚刚考完试，马上就要去野外实习了。实习前学校发给每位同学一个气垫床，这位同学就将气垫床拿去，与几位同学到城里一个湖去玩。同去的有几位同学坐在租来的船上，而这位同学将气垫床吹满了气，骑着气垫床在水中玩耍。船上的同学划着船与这位同学渐渐离得远了，当船上的同学回过头再看时，只见到气垫床漂着，却不见了气垫床上的同学。于是，同学们呼喊起来。在湖上游泳的人，前来帮助寻找也没能找到那位同学。

　　同学们马上报告了系领导和辅导员，于是请湖上的管理人员找打捞人员进行打捞，第二天，这位同学被打捞上来。系领导马上给这位同学的家长拍去电报，电文是："×××家长，你家×××同学病危，请立即来校。"这位同学的父亲接到电报后，马上打回电报，电文是："请不惜一切代价进行抢救。"

这位同学的父亲从兰州坐飞机来到学校后，才明白发生的一切。父亲痛心不已，同学们也感到非常悲痛。

四郎在大学校园内外，经常可以看到一对对恋人，含情脉脉、依依不舍。四郎的班级也有谈恋爱的，有位男生与一位女生谈恋爱，谈得一直很火热，可是在同学去野外实习的时候，女同学竟提出了分手。

四郎的学校有座大礼堂，每一两周都要放电影，有时还给学生发电影票。老师、同学们经常到这里看电影，有《李时珍》《训火记》《一江春水向东流》《至爱亲朋》《曙光》等。同学们有时也到城里电影院去看电影。

四郎在大学期间，除了正常要学习的课程外，还订阅了一些课外期刊，如他较喜爱的一份期刊《青年科学》，四郎还把读期刊的感受记录在了日记中。

1981 年 9 月 10 日

读《青年科学》

拿起《青年科学》，封面上一美丽俊俏的少女映入眼帘，还是个军人呢！翻开第一页，她沉浸在知识的海洋之中，她简直就像大海中的一只海燕——寂寞的不动的精灵。读到里边的内容，谁知道这少女才 15 岁，而且在文坛上竟有那么大的作为，真令人羡慕。我是一个大学生，却并没有什么所为，真是遗憾。不！应向她学习，学习庞天舒（注：少女的名字）的勤奋好学，争取为人民作出应有的贡献。

阿尔伯特·爱因斯坦，四郎上大学前后，才知道此人是一位世界著名的大科学家。四郎在学校小书店里买到一本《纪念爱因斯坦译文集》，四郎反复读过多遍，爱不释手，被"相对论"的伟大和爱因斯坦的人格魅力所折服。

四郎住的寝室是上下铺，一个寝室八张床住着八个人。课余时间，在宿舍里一起说说闹闹，最有趣儿的是寝前的"卧谈会"。就是每天熄灯前，同学们躺在自己的床上一起唠嗑儿。每天都能找到有趣儿的话题，天南海北地侃，真是妙不可言！

四郎印象最深的一个话题是"地球自转问题"。有一天，一个同学说道："都说地球在自转，那么我们为什么感觉不出来呢？如果天上的飞机在上空停止不动，而地球在不停地转，飞机不用飞，不就可以自动到美国了吗？"同学们一起议论开了这个问题。有的同学说，地球周围的大气随着地球在转。有的同学说，那我们咋没有感觉呢？讨论了好大一会儿，也没有形成较为一致的看法。

每个假期回校时，同学们都将家乡的土特产带来给同学们尝尝，黑龙江伊春的同学，每次都会带来炒熟的"松树籽"，山东的同学带来的是煮熟晒干的"地瓜干"……同学们吃着土特产，说着假期家乡的见闻，真是香在嘴里、乐在心里呀。

同学们有不同的业余爱好，吹口琴、拉小提琴、绘画、写空心字、写诗等，四郎买来口琴学习，也学会了吹口琴。

四郎在大学读书四年，每一年都有一次野外实习，这里说说野外实习的事儿。

第一次实习，看到了绵延不断的群山——"石头山"。这个一直在大平原长大的孩子，有着无限的感慨。在这次实习中，有一件令四郎终生难忘的事儿，四郎记录在了日记里。

1979 年 6 月 11 日

教训

记住这一教训吧。

昨天实习，不慎把罗盘掉在地上了，好歹有点印象。今天一早跑去了，总算找到了。很高兴，同时也感到很是羞愧：一个地质工作者丢了罗盘，就等于军人上战场丢了武器。

这样一段羞愧的历史记上一页吧，今后戒之。

这段日记记录的是怎么回事呢？同学们在野外实习，整天都是满山跑，那同学们到哪儿去上厕所呢？学生们开玩笑说，野外就是一个"天然大厕所"。但有男女生，所以要解手总得背着同学。因在野外实习，都是将地质罗盘的外套套在腰带上，这样，拿罗盘时就很方便。这天，四郎在小便时，罗盘与外套从腰带脱落了下去，四郎仿佛感觉有一东西滚落下去，但同学们已走得较远了，四郎为赶上同学，也就没有在意，系上腰带就跑着去追赶同学们去了。当回到住地后，才发现自己的罗盘丢了。

地质工作者离不开三大件：地质锤、罗盘和放大镜。罗盘是其中重要的一件，它可以指明方向，测量岩石的走向、倾向和倾角。罗盘是学校在学生野外实习前，发给学生用于野外实习用的，实习结束后还要交还给学校。罗盘也是较贵重的东西，若是丢失了，那是要赔偿的。四郎对当日发生的事，感到很是懊丧。这时，太阳已经落山。四郎与同班杨姓同学说了此事。杨姓同学说："你不要着急，你还记得在哪里丢的吗？"四郎说："我还有印象。"杨姓同学说："我们明天早点起床，一起去那里找找。"

第二天，四郎与杨姓同学早早起床，杨姓同学说："咱们得拿一把地质锤，万一碰上坏人呢！"四郎从内心里佩服杨姓同学考虑事情的周全。

两人跑一会儿、快走一会儿，赶到了与他们住地有七八里路的地方，四郎找到昨日小便的地方，并回忆当日感觉有一个东西向下滚的路线，两人就顺着下滚的路线往下找，突然在一处草丛中找到了四郎丢失的罗盘。四郎与杨姓同学便急急忙忙往回赶，当到了住地，同学们已吃完早餐，准备坐车去野外了。四郎与杨姓同学赶紧带上中午的饭菜，也没来得及吃早餐，就与同学坐车上山去了。

四郎丢罗盘这事，除了杨姓同学外谁也不知道。对于这事，四郎既挽回了经济损失，同时也没有丢掉自尊，四郎真是感激杨姓同学。这之后，杨姓同学成了四郎最好的朋友。野外实习结束回到学校后，四郎与杨姓同学用的餐票都放在一起，每天早晨或中午，一个人早点去排队打两个人的饭，这样就不用两个人都忙活了。在之后的三年中，他们在学习、生活等方面，相互帮助。

在大学四年级最后一次实习时，四郎去了河北平泉。这是为写毕业论文而进行的野外实习。与四郎一起实习的人较少，一位指导老师带队，六名同学，其中有两名女同学。有一天，四郎与同学吃完早餐，要去野外踏勘，两位女同学说不能去了。四郎大惑不解，怎么不能去了呢？也没有发现她们生病呀。这时，有一位年龄较大的马姓男同学，对四郎等同学悄悄说："她们来例假了。"此时，四郎才"悟出"女孩子们的"隐私"。对此，四郎也想起自己小时候的一段往事。在炎热的夏天，姐姐们穿的半截袖衣服里面，还穿着一件很小的无袖褡裢。小四郎曾不解地问姐姐："姐姐，天这么热，你们还穿这个干啥呀？"姐姐说："这叫'汗褡'。"四郎以为这"汗褡"是起吸汗作用的，就没有再多问。此时的四郎，暗中感叹自己是多么的无知啊！

四郎在大学四年学习中，学到了很多科学知识，享受到了许多快乐。但四郎在大学四年中，有三年多时间经历过痛苦的折磨——疾病。四郎在大学第二学期的时候，得了一种病，就是一学习就"头痛"，这病把四郎折磨得死去活来。这里仅摘录几则四郎的日记，就可见一斑。

1979 年 8 月 4 日

此去上学，必去头病才能学习，否则将误大事，一生理想将成泡影。抓住要点，一气攻掉，去我心头之大病，才能把握前程。

1980 年 3 月 14 日

去医院看病，大夫又是说什么"神经衰弱"，此病可真难治，脑袋不敢用，做人怎么做。大夫说的疗养办法是劳逸结合。可是我已经劳逸结合了，病还是不好，这又怎么琢磨？

1980 年 6 月 29 日

简直要我的命

我的脑子不知得了什么病，不用则好，用则痛。我的脑子不能再用，已经达到了饱和，装不进东西，已经达到了极限状态。没治了，真难办，到底怎么办？医生不知，世人都不知我的痛苦。也许马克思经历过这样的痛苦，不然为什么疾病使他不得不暂时停止研究工作呢？他是一个伟人，一生坚持研究学习，失去学习他将是何等的痛苦啊！那么为什么还得停止研究呢？也可能他的病与我现在的病一样，可我不能停止学习，原因多多。怎么办？怎么这样折磨我呀，简直要我的命！

1980 年 6 月 30 日

药

人人都说药能治病，可是对我却一点效果也没有。看我吃了多少药：健脑灵糖浆喝了十五瓶，养阴镇静丸四十余丸，健脑灵片一瓶，五味子糖浆二十来瓶，琥珀安神丸两盒，参茸鞭丸一盒，锁阳固精丸一盒，二十来服中草药。小药片不计其数。怎么办？病几乎一点未见好，药有什么用？药，药，药死我也！

从 1979 年开始，四郎就感觉经常头痛，在学校医院看了三年多，在学校熬过中药，到他堂姐家也熬过药，吃了几十服汤药，一点儿也没有见好。他自己也去省级大医院看过，还去省中医院针灸过，还去盲人按摩所按摩过，也进行了长跑锻炼。可以说什么招都用了，可是四郎的头痛病一直没有减轻。

四郎有一位同班同学，也得了头痛病，最后这位同学休学一年。四郎不想休学，他怕家乡人笑话，家里的经济条件又不好。一次，他买了一百片安乃近，每次上课前就吃上一片，四郎硬是咬紧牙关，把四年的大学读了下来。

　　四郎假期回家返校时，父亲每次都送他到南国道，车开走了，四郎的父亲总是远远地望去——车没影了。父亲接着还在南沟子边转来转去，一时不肯回家。四郎的二娘看到四郎的父亲在那儿转悠时，总会说："看那老分上，又在那里绕哄着呢！"可是有谁能知道四郎父亲内心在想着什么呢？那南国道走下来不远处就是四郎母亲的坟地。四郎的父亲在想：老伴儿要是活着该有多好啊，看看我们的两个儿子上了大学。老伴儿呀，你临终前，我给你的承诺，今天都快实现了……

　　1982 年 8 月，四郎在校学习四年，共学完二十多门课程，终于毕业了。四郎拿到了红色外皮的"毕业证"和绿色外皮的"学士学位证"。四郎的同学，有的留校，有的读研究生，多数都分配到地质队、水文队。那些来自大城市的同学，大多回到他们来时的大城市，四郎分配到他所在省的油田。

　　四郎离开了曾经向往过的梦幻般的大学；他不会忘记这四年的大学生活——课堂上、课外下、野外实习的一幕幕……他不会忘记这个年代给他留下的优美的歌声：《祝酒歌》《我们的生活充满阳光》《青春啊青春》《年轻的朋友来相会》……

　　四郎带着没有好转的疾病，就要参加工作了，等待他的将是什么？

13

暂不谈四郎的工作，来看看小屯包产到户前后，钟海家几个孩子的生活发生的变化。

三郎、四郎上大学后，父亲为了家里孩子念书，又开动起他的脑筋，操起了他过去擅长的"本事"——开起了小片荒。父亲看准了南沟子边沿，仍然是荒地，就抡起镐头开起荒来，共开荒两亩多地，种上苞米、大麻子等作物，一年下来也能卖上四五百元钱。卖钱给三郎、四郎、四娥上学及家里生活用。

小屯部分人家也都开起了小片荒，整个南甸子、南大坑和南沟子、西沟子的边沿都成了田地。

钟家屯第八生产小队，于1981年分成两个组，将生产队的土地和集体物资一分为二。

1983年春，钟家屯实行了家庭联产承包责任制。家庭联产承包责任制，也叫"大包干"或"包产到户"，就是将原来生产队的土地、各家各户的自留地、开荒地一起分到各家各户。车辆、马牛等牲口、生产工具、队的房屋等都分配或作价分到各家各户了。生产小队改名为组，大队改名为村，公社改名为乡。

小屯耕地有薄有厚，也就是有差有好。各家分地前，召集小屯有代表性的社员，把小屯的地分类，然后将薄厚的耕地进行搭配再分。小屯男女老少在上级工作组的监督下，开始抓阄分田分地。马牛等牲口只分给社员，几个社员才能分到一匹马或一头牛。几家共用一匹马或一头牛，饲养、使用起来都不方便。这样，只能一家将马或牛牵到自己的家里，按事前几家商量好的价钱，付给其他几家相应的钱款。农用工具、生产队房屋等一切能分的东西都分了。

钟家屯地多，每人分到4.6亩地，还有剩余的地又分给了社员，每个社员又能分到1亩多地。对于一些特殊的人，像大娥结婚在外地，但户口还在本地的，只分到7分地，还有属于超生的，也只能分到平常的一半。

这时，钟海一家孩子生活的情况都怎么样呢？大娥、三郎、四郎的情况前面已经说了，这里就说说其他五个孩子。

首先说说大郎家的情况。

1977年春天，大郎分家单过，之后搬到老家房场东侧十几米处盖的新房里。包产到户时，大郎已是五口之家，大郎夫妻和两个儿子一个女儿，共分得两垧多地，牵回一匹骡子。家里盖了牲口圈养骡子，用于耕地、拉车。大郎的二儿子属于超生，原本没想要这个孩子，大郎媳妇怀孕四五个月才知道自己怀孕了，最后决定把这孩子生下来。

钟家屯的第八生产小队，改名为第八小组。大郎这个原生产小队的会计，当上了第八小组组长。家里两个大孩子都在学校读书，家里种田的活儿都由大郎夫妻共同承担。

下面说说二郎的情况。

1979年，二郎在老家附近的一个工地干活，与二郎一起干木工活儿的同事给二郎介绍对象，女孩家居住在距小屯有二十来里地的屯子。女孩较二郎小两岁，身高不足一米六〇，圆脸、杏核眼，略露牙齿，梳着两个马尾小辫，比较精神、善言谈。二郎现在27岁，身高一米七二左右，是哥儿四个中身高最高的，身材也是哥儿四个中最魁梧的。二郎脸型方正，嘴和耳朵略大。前面说过，二郎性格外向，比较善于交朋友。经过几年在外做木工活儿的锻炼，二郎的木工技术愈加娴熟。

农村找对象较为简单，先是男方家到女方家相门户，两家没意见了，过几天女方家再到男方家相门户，这时的任务主要就是"折礼"，就是女方家向男方家要多少礼钱。在媒人的撮合下，所要的礼钱两家都同意认可了，二人的终身大事就算定下来了。一般在结婚前，遇到节日时，男方家要把女孩接到男方家里小住。二郎与对象相处几个月，见了几次面，彼此情况基本了解了，二郎家看好了结婚的日子——1979年农历八月初十。

母亲已不在人世，两位姐姐已出嫁，操办结婚的事主要就落在了三娥的头上——新婚用的被褥、屋子的布置、婚宴饭菜筹划等事宜。你别说，三娥还想出了简单美味的一道菜呢——园子里的秋黄瓜片炒肉。嗨！这道菜吃着酸溜溜的，大家一顿叫好声。女孩家住在河的南边，钟家屯在河的北边。结婚这天，娘家那边用大车将女孩与送亲人送到河的南岸边，然后用船摆渡到河的北岸；二郎家这边去了两挂大马车，到河的北岸等候新娘与送亲人。二郎家的乡亲接到新娘与送亲人，就用大马车将他们拉到家里。家里一顿忙活，举行结婚典礼仪式后，上饭上菜。送亲人酒足饭饱后，二郎家将他们送回河的北岸，他们再坐船回到南岸家里，一切都顺顺当当，二郎的婚事儿就算办完了。

二郎结婚后，夫妻与二郎的父亲、三娥、四娥在一起生活。二郎在本地的一家木器厂干木工活儿。别看二郎脾气大，在家里可是绝对听媳妇的，二郎媳妇勤俭、会过日子。次年，二郎媳妇生下一女孩，又过了一年，生了一男孩，儿女双全，日子过得幸福美满。

小屯包产到户后，二郎家一共分了一垧来地，因二郎不是社员，没有分到马匹，二郎买了匹马，拉车、耕地。二郎冬天无事干，就买一台嘣爆米花机，与同屯的一个人到外屯去嘣爆米花挣钱，远的走到一二十里外的屯子，走到哪儿住到哪儿吃到哪儿，一个多月下来，就挣得几百元钱。农村土地转让政策出台后，农户在承包期内，可有偿流转土地承包经营权。二郎在这种形势下，就不再种地了，将自家的地租给大哥家种，马也卖给了大哥（大郎家的骡子卖给了他人）。二郎又从事他的老本行，进城做木工活儿去了。

本地有一位姓戴的包工头，比二郎小七八岁，二郎就在戴包工头的工地上当"工长"。这工长就是负责建筑工地现场的一切工作，如农民工每天干活的分工、质量检查、监督建筑工程进度等。二郎除了当工长，还负责木工的"放大样"。包工头很少去工地，一切都由工长包办，可见当工长是一个非常操心的活儿。开始时建筑工地的生活条件较差，特别是所住的工地宿舍都非常简陋，比较潮湿，夏天蚊子苍蝇较多，吃的都是些粗粮。后来随着国家经济的发展，吃的都是细粮了，餐饮居住条件也好多了。

工地上的农民工，都来自不同的乡村，干活在一起，完工就各奔东西。所以管理农民工是有一定困难的。二郎是个工作非常认真的人，又出于包工头对他的信任，二郎在工地上，工作认真负责，以保证建筑保质保量完成。在工地上，二郎有时与干活的农民工难免发生些矛盾，二郎从小脾气就大，有时与农民工发生争吵。但二郎是一个直性子，说完骂完过后就忘记了。时间长了，农民工知道了二郎的性格，也就不与他计较了，吵吵完过后就完事了。

每个在工地干活的人，都是为了养家糊口，况且又都是乡里乡亲的。有时二郎还在本屯、本地，招去几位同乡或亲戚去他的工地干活，四娥丈夫就在他的工地干过几年活儿。这样，既解决了工地所需的用人问题，也帮助乡亲和亲戚圆了出外挣钱的愿望。

二郎多年一直在建筑工地当工长，当然，也不总是在一个包工头底下干活。二郎在戴姓的包工头下干活的时间最长。小屯的人也都熟悉这位戴姓包工头，见到他都尊称他"戴老板"。有一年，戴姓包工头由于工程上的事，对二郎一顿训斥，二郎就接受不了了，与戴姓包工头当面就顶撞起来，之后二郎就不在戴姓包工头的工地干活了，去了其他工地。过了一年，戴老板又来找二郎到他的工地当工长，二郎就又去了戴老板那里干活。当工长辛苦，但薪水也不菲。四郎工作后，过年回老家与小屯老乡唠嗑儿，老乡问四郎能挣多少钱，四郎说："能挣五六百元。"那人吃惊地说："啊？跟你二哥挣的差不多？那可真不少呀！"二郎听后，说："他是一年，不是一个月。"那人说："啊，是这样！"可见二郎一个月能挣五六百元，一年在外务工六七个月，一年下来至少能挣三四千元。要知道这是20世纪80年代初，之后是不断在增长的。

四郎曾问过二郎："你为什么不自己当包工头呢？"二郎说："包工头虽然挣钱多，但不是谁都能当的。一是要能找到甲方，二是胆子要大。咱家的人胆子都小，干点技术活就行了，没有风险。"四郎说："我赞成你的观点。咱家人胆子都小，还是干技术活好。"

下面再说说二娥家。

二娥女婿在包产到户前，在大队当会计。包产到户后，仍然在村里当会计。这样，既可在村里挣得一份钱，家里种地的活儿也基本上不耽误。家里的两个孩子在上初中，二娥既要照顾好孩子的吃喝穿戴，又要在自家的责任田里干活。二娥做饭好吃，特别烙饼那是一绝。四郎念大学或工作后回老家小屯时，到二姐家去就点名吃二姐烙的白面饼。二娥女婿在村里当会计，常有些公事，所以常常看到二娥一个人在责任田里干活，二娥实际成了家里的主要劳动力。

经过几年的积累，二娥家成了小屯较为富足的家庭，在小屯里第一个买了电视机。小屯不少人经常晚上到二娥家看电视，有的上炕里坐着，有的坐在炕沿上，起初每天都有左邻右舍十几人来看电视，后来各家生活水平都提高了，小屯买电视的人家就逐渐多了起来，来看电视的人也就逐渐少了。

20世纪80年代末的时候，小屯的人都说二娥家是万元户了。四郎回老家时问三郎："二姐家真的成万元户了吗？"三郎说："不是万元户，也是半个万元户了。"

我们说说三娥的情况。

1976年三娥高中毕业回到家里。

1981年三娥25岁了，她去了大姐家煤矿那里找活儿干，目的是想在煤矿那里找个有工作的对象。三娥的大姐夫，帮三娥找了个维修矿区铁路的活儿。这个活儿主要是更换已损坏的枕木和砸石头用于铺枕木。干这个活儿是需要体力的，三娥在家里是最能干活的人，所以干这个活儿对三娥来说，不成什么问题。

干活之初，三娥住在大姐家里。大姐家里有先房三个孩子，两个大的是男孩儿，十二三岁；小的是女孩，七八岁；大姐自己又生了个男孩。这是个六口之家的大户，只有一个人上班挣钱，住房也不宽敞，这个当后妈的大姐真是困难重重。

三娥看到大姐与大姐夫常拌嘴吵架，这样，三娥住了一段时间，就搬到了干活地方的单身宿舍了。三娥休息时，也时常去大姐家里，买些蔬菜等物品。三娥在大姐家这里一干就是三年，大姐和姐夫托人给三娥介绍过几个对象，但都没能成功。

1984年过年时，三娥回到家里，二娥女婿托他家的亲戚给三娥介绍对象，家离小屯四十多里路。男孩小三娥一岁，高中毕业，没有考上大学，现在务农。

刚过完年的正月初四，媒人与男孩骑着自行车来到了三娥家相门户。男孩身高有一米七二左右，长脸、说话略慢，看上去是个老实巴交的农民。三娥身高一米六〇左右，梳着两个马尾小辫，是个青春靓丽的女孩。三娥与男孩看后，双方都感到满意，父亲和二姐夫看后，觉得男孩也不错。

这一天，天下着雪，刮着较强的西北风。相完门户后，媒人说二人没有什么意见，这个婚事就定下来了，天色也不早了，我们该回去了。这时父亲说："这天又冷，风又这么大，路又这么远，你们就别回去了，在这儿住下吧。"三娥的对象在三娥父与二姐夫的挽留下，就同意住下了。三娥想，虽然自己的长相、能力都比男孩要好，但岁月不饶人，如今已经28岁了，本想在大姐那里找个有工作的对象，结果三年白白浪费了。男孩住在家里，也可以进一步了解一下男孩的情况，这大冬天的，想与男孩见一面都困难。

没过几天，二娥女婿带着三娥又去了趟男孩家相亲、定礼金。由于对象是二娥女婿亲戚给介绍的，对男孩及家里都了解，用小屯的话说——知根知底。三娥的终身大事就这样定下来了。之后男方家定了结婚日期——1984年农历二月十六。可见三娥从相亲开始到结婚也就一个多月时间。结婚前，三娥又去了一趟大姐那干活的地方，因年前回家过年时，也不知道相对象的事儿，在工地那里的东西也没有拿回来。三娥到干活的地方，把那里自己的东西整理完毕，就去了大姐家，把自己订婚的事与大姐学了一番，大姐听后为三妹的婚事高兴。三娥于农历二月十四往家里返，次日才回到家里。到家时，家里已在前一天安排完婚宴，只等三娥归来。

农村姑娘结婚都讲究"包包"——包裹结婚的嫁妆。因三娥之前没在家，这"包包"也没有包，三娥晚上就自己包了两个包，把自己要出嫁的衣服等物品包在里面，自己还在里面放两三枚一块钱的铜子（硬币）。这包里的铜子是到婆家时，小叔子、小姑子们翻包找钱的，这是当地的一个习俗，也是图个热闹。三娥心里感到酸楚楚的，心想：如果妈妈活着，这包能用自己包吗？三娥一边包着包，一边流下了心酸的泪水。父亲看到三娥流下了眼泪，心里更是难受，就到其他屋子里去了。

家里二郎已把送亲的车租好了，是邻屯一家小卖店用的大客车。农历二月十六这天，家人与亲戚坐着大客车到四十里外去送亲。男方家一切准备妥当，当日送亲人顺利返回家中。

三娥成家后，夫妻二人先与公公婆婆一起生活两三年，之后公公家帮助他们盖了房子，才出去单过。三娥结婚当年生下大女儿，次年又生下二女儿。有两个孩子，已经超生了，农村老观念还想要个儿子，宁肯罚款也得要。又隔了两年，三娥又生下了儿子。生这儿子可是不易，由于三娥年岁较大，落下了妇科病的病根。

三娥家买了一头牛，耕地、拉车。夫妻二人勤俭持家，日子过得蛮好。其间三娥丈夫与其哥哥等建了一铸造厂，铸造房屋地下管道卖钱，三娥家里成了较为富裕的家庭。但厂子只生产了两三年，因所卖的铸件都是赊出的，要钱时买家常常拖欠不给钱，这铸造厂只好关闭了。

三娥所在的屯子离公路近，种植一些经济作物都能卖出去，每年都会有人开着车子来收。三娥又使出在家时的能干劲儿，在责任田里种葱、蒜、辣椒、白菜等经济作物卖钱。干活时，三娥与丈夫一块干，三娥往往顶丈夫一个半人。三娥带着三个挨肩的孩子，其劳累辛苦就可想而知了。但她从不计较这些，一心扑在家里，小日子过得蒸蒸日上。

最后说说四娥的工作和生活情况。

1982年四娥考上本县一所中专，1984年毕业后在本乡中学当了教师。学校离家八里地，四娥每天骑着自行车上下班。此时，父亲与小女儿四娥和二郎家生活在一起，二郎在城里务工，家里几口人相处相安无事，姑嫂之间难免有些磕磕碰碰，但从没吵过架。

1986年秋季的一天，四娥下班回来，将自行车放在院子里就去干活去了，谁知二郎三四岁的儿子到自行车处玩耍，将自行车弄倒，自己也给砸到了。二郎儿子哇哇大哭，二郎媳妇听到后，赶紧跑来看儿子，看到儿子被自行车砸在身上，鼻子流着血，赶紧抱起儿子，一时心急，对四娥说了些不中听的话："你看你把我儿子弄成什么样了？他要有个好歹，谁来养活我呀！"四娥听到这话，便说："你怎么能这样说话？我也不是故意的！"姑嫂二人你一句我一句互不相让，吵个不停。

　　父亲听到了二人吵架声，就从外面赶回自家院里，看到这种情景，说："你们不要吵了，孩子不是没什么事吗？有话回屋里说，不怕人家笑话！"二人回到屋里，没有再吭声。父亲想了一个晚上，看来这个家不能在一块过了，还是分开过吧！我和老姑娘再一起住两年，她出嫁了就好了，也就了却了我的心愿。

　　第二天，四娥上班去了。父亲去了县城到三郎那里，就把昨天家里发生的事和自己的想法与三郎说了。三郎当天就回到了老家，就把父亲想分开过的想法与二嫂说了。二郎媳妇说："这不好吧。你二哥也没在家。昨天，我一时在气头儿上，说了些不好听的话。"父亲说："依我看，还是分开过吧，这样对谁都好。这事我就作主了，二郎回来我和他说。"这样，在父亲与三郎的劝说下，二郎媳妇也就勉强同意了分家单过的想法。

　　父亲将三间房子里屋的开门处封死，里屋的西大山墙打开一门，用于出入。父亲带着小女儿在里屋住，在地下垒一锅台做饭，二郎家在外屋住，也自己开伙。

　　又过了一年多时间，一位老乡给四娥介绍了一位瓦匠，男孩家距小屯十多里地。男孩小四娥两岁，身高有一米七八左右，身材魁梧，圆脸、双眼皮、大眼睛，人长得帅气。四娥身高不足一米六〇，脸型方正、双眼皮，面色略呈红色，头上梳着两个马尾小辫。

　　1988年农历二月初十,四娥结婚了。结婚这天，除了大姐在家照顾孩子，两个姐姐、三位姐夫，四个哥哥、嫂子都参加了小妹的婚礼。租了一辆大四轮挂箱车，大娥女婿带来一辆吉普车，家人和亲戚将小妹送到婆家，全家人高高兴兴将小妹的婚事办完了。

　　以上就是钟海家里五个孩子在"包产到户"前后的生活情况。下面再简单说说钟家屯包产到户前后的变化。

　　小屯实行包产到户后，个人付出与收入挂钩，使农民生产的积极性大增，各家各户全力投入生产，解放了农村生产力。包产到户第一年，小屯的家家户户都取得了粮食大丰收。这之后，国家的土地政策进一步放宽，自己家的地不再受制于人，责任田里种什么，根据需求自己说了算，想种什么作物就种什么，实现了"我的地盘我作主"。

　　不仅是"我的地盘我作主"，而且是"我的工作我作主"。农民种地闲暇时间，可以自由地到城里干活。在短短的几年里，小屯发生了巨大变化，粮食产量年年攀升，家家户户都能吃饱饭了，不再为吃喝担忧了，生活质量显著提高，小屯呈现出一派生机勃勃的景象。

经过几年包产到户，小屯各家各户都有了一定的积蓄。大郎家花了一万多元钱，买了一台小四轮拖拉机与车厢等辅助工具。把马卖掉了，拖拉机取代了以往的牲畜耕地和拉车，结束了祖祖辈辈们用绳结套和催马赶牛进行生产劳动的方式。

20世纪80年代，有首叫《在希望的田野上》的歌曲，较真实地反映了小屯的景象——希望的田野！那景象酷似严冬过去，吹来暖暖的春风——它意味着将开启一个新时代！

14

前面讲到了四郎读完大学，要参加工作了。那么，他的工作怎样，爱情、生活又怎么样呢？

四郎读完四年的大学，终于毕业参加工作了，可以自食其力了，四郎的心里有说不出的高兴。但四郎的头痛病仍然没有好，他不想把这疾病带到工作之中。为此，四郎毕业后没有马上去单位报到，而在家乡的县医院住院进行治疗。治疗近一个月，还是没有什么起色，只好带着病身去单位报到了。

1982年9月10日，三郎亲自陪着小弟四郎去单位报到，单位离老家不算远，哥俩坐火车两个多小时就到了报到单位的县城。下了火车，他们就去了"派遣证"标明的报到单位。单位管理人员将四郎分配到本管理局下属的研究院——这可是本局最好的单位。管理人员给研究院打去电话，单位派车将哥俩接到单位，领导派人将哥俩送到宿舍，四郎已有了着落，三郎当日就返回自己家里去了。单位领导让四郎休息几天，整理一下东西再上班。这样，过了三天，四郎才上班，四郎在日记中记录了刚上班时的情况。

1982年9月15日

今天已经来到研究院六天了，昨天开始才正式上班，今天就提前发了工资，发了五十九元（基本工资四十五元，补助与奖金十四元），数字不小，自己还没有为国家做点什么，可是国家对自己这样无微不至的关怀，真感到有点内疚。来到这里，室领导及组里的同志对自己都很关心，心里也就踏实多了。在学校遗留下来的病似乎有点好转，但还没有痊愈，心里有些急躁，真想把疾病一脚踢开，甩掉病魔，全力来一个大学习，争取早日实现自己最崇高的理想。虽然病还没有痊愈，但（我）有决心，并且充满信心一定战胜它。

四郎被分到研究院的地质研究室，他所在的项目组正在编制某油田开发方案，其实方案已经编写完毕，正在修改完善。四郎刚来也插不上手，主要帮助抄抄写写，也就是对师傅们手写的文字再进行誊写，以便送去打字出版。四郎空闲时和业余时间，学点石油方面的知识，读些文学书籍。

全院共分配来五名恢复高考之后的大学生。四郎工作不久，就担任了研究室的团支部书记。次年，四郎下到基层钻井队、采油厂等单位去实习。有时工作单位有事，四郎也回来小住。我们看一下四郎记录的日记中这段时间他的工作、思想等情况。

1983 年 5 月 6 日

中午睡觉时，窗子上悬挂窗帘的挂钩被风吹得"嘭嘭"响，结果响声进入梦中，梦到了父亲在敲打"点葫芦"的种地声音，"嘭嘭"声响，醒来记忆犹新，好似真的一样，有感而记之。

"嘭嘭"声响，撒种耕耘，不撒种子，何以开花结果？没有耕耘，哪有收获？

1983 年 5 月 18 日

16 日来到钻井队，该钻井队打的是××构造上的外围井，目的是勘探××油田外围油气情况，还是第一次见到这高高的钻井架，也是第一次体验钻工们的生活，有以下感受。

一是技术人员要发扬主人翁的责任感，要尽最大努力选好"井点"，不能马马虎虎。二是钻工们的野外生活仍然很艰苦，伙食上不去，没有文化娱乐生活，生活太单调了。钻工们的工作也是很苦的，从钻井平台下来满身泥浆，这都要到夏天了，夜班还要穿上棉裤。总之，生活很苦，每月仅补助二十七元。

四郎所在研究室领导，都很重视四郎的工作、生活和思想上的进步。这年七月，室党支部书记给四郎介绍对象。女孩在本院工作，与书记的妻子在一个科室，女孩姓刘，名××，比四郎小四岁，刚满 20 周岁，是本地技院毕业。在这之前，四郎所在室内的师傅，也给四郎介绍过三四个对象，都见过一两次面，但没有长处。

四郎与对象还没互相看见，油田正在开体育运动会，各单位都派运动员参加体育大会。院团委书记负责运动员在单位院内集合，四郎也去参加体育运动会，院里运动员之中有三四个女孩，四郎猜测其中的一位可能是党支书给自己介绍的对象。

四郎拿不准，就有意问了一下团委书记："书记，那几个女孩都是哪个单位的呀？"书记就一一介绍了她们的单位和姓名。四郎这样"对号入座"了，他看到党支书给自己介绍的对象很对自己的心意，或者说"一见钟情"了！女孩身高一米六〇左右，头上梳着两个马尾小辫，单眼皮，最大的特点鼻梁略高。四郎身高一米六六，方脸、单眼皮，眉毛较重，耳垂较大，戴副黑色镜腿的近视眼镜。

四郎就利用空闲时间去找团委书记，他将党支书给自己介绍对象的事说了一遍，并对团委书记说，我看这个女孩挺好的，我想见见她，与她相处一下。团委书记的妻子也与这女孩在一个室工作。这样，室党支部书记与妻子和院团委书记与妻子，四个人成了四郎的介绍人。

没过几日，党支部书记带着四郎去了女孩家看了对象。对象的父母和两个姐姐都在家，女孩父亲当过兵，现在也在油田工作，母亲没工作，在家做家务。四郎与介绍人走后，女孩父亲对姑娘说："孩子还可以，只是家是农村的，我没什么意见，你自己做决定吧。"女孩对父母说："我们相处一段时间再说。"姐姐对小妹说："你这么小，懂啥呀就处对象？"小妹并没有理会这些。四郎当然不会有什么意见，之前已经看过了。这样，二人就相处了。

见面三五次后，有一天，女孩烫了发，梳着两条马尾辫，更显得年轻漂亮。女孩还到照相馆照了相，四郎要了一张，一直保存着——这可是四郎最喜欢的照片！

女孩姐姐说她"不懂"，她还真是不大懂。四郎与女孩一起到电影院看电影，四郎牵女孩一下手，女孩赶紧把手缩了回去。四郎并不知道对象为何这样，后来四郎问到女孩此事时，女孩说，她原来以为和男人单独在一起，就有可能怀孕呢，所以她害怕与四郎牵手。

女孩这时正在复习功课，准备考本地的职工大学。女孩之前只读过初中，四郎也经常辅导她。女孩刻苦努力，如愿以偿考上了职工大学。这样，四郎与女孩恋爱相处长达三年时间。这段时间的恋爱，也是他们最难忘的岁月。四郎谈恋爱时，同寝室住着个马姓同事，是与四郎同一年毕业的大学生，他在念大学前就处了对象，已有了不少经验，他向四郎传授了不少处对象的经验。

四郎从内心里感激马姓同事和他传授的经验。如在每次见面前，要想好谈些什么内容，这可以看些书籍等进行充实。这样，可避免二人在一起无话可说的尴尬，并能显示自己有学问。还有二人相处要循序渐进，先可以牵牵手，进一步可以吻吻手，而之后再接吻。之后再一步一步地亲近……不能鲁莽，要水到渠成，这样，才能获取女孩的欢心。四郎真是按这位老弟的经验，二人相处得顺利美满。相处时间长了，有时也会产生一些小矛盾，但都会很快化解。

　　四郎与对象相处长了，互相间感情就更深了。四郎常常到女孩家，她家住的是平房，房后有个小园，小园里有一个菜窖，还有一棵海棠树，夏天小园里种些蔬菜。二人常常到那里谈情说爱。有时说到动情处，或有时闹点小矛盾时，女孩就常常搂着四郎的脖子，亲密在一起。女孩的母亲就看过女儿有过两三次这样的情景，女儿觉得不太好意思。过后，母亲就告诉姑娘："你们可不能'出事儿'啊！"女儿总是说："妈，你说什么呀？能出什么事儿？您放心吧，不会的。"

　　三年的恋爱是甜蜜的，四郎把这段难忘的时光记录在了他的日记之中，这里选择几则。

1983 年 7 月 29 日

　　恩格斯说，个人性爱是排他的。这句话以前似无所感受，现在亲身体验这种生活才能有所感触，而且感触甚深。为什么排他？这是不是一种自私？也许是。但它意味什么？我看是纯洁，意味着高尚、意味着对爱情的重视，对爱情的贞洁。

1983 年 8 月 11 日

爱

　　昨天晚上，又和女朋友在一起交谈了一个多小时。谈些什么呢？主题还是"爱"。当然不是直截了当地，而是从生活中的其他事情谈起。我惊奇地发现她对我相当地爱，实际上，不能说是惊奇，而是早有发现，只是这次发现得更深刻。

　　她是那样的懂事，我是真正的羡慕；我是那样爱她，这是我从来没有想到的。爱的力量确实是无限的，我爱她简直是用语言无法表达的，无法表达的，我太爱她了！我的心属于她，我将属于她，这是毫无疑义的。

1983 年 8 月 29 日

　　恋爱是美好的，是甜蜜的。但存在着"苦"，你看"想"不是苦吗？我每天不知"想"她多少遍，多么苦哇！甜呢！应该说甜。我从来没有这样想过什么东西（除了科学）。我的恋人，我心中的人啊。我们都在想吧？想吧！想吧！幸福属于我们！未来属于我们，想在一起，生活在一起……

1983 年 12 月 27 日

泪水啊，为什么流啊？你是喜呀，还是愁？你是悲呀，还是忧？你流淌着，滚滚流淌着呀，我的心呐，多么难受！

泪水啊，你不能白白流，你浸入我的心里，你注入我的心头。

泪水啊，你是无声的话语，千言万语难以表达时，就往外流。

泪水啊，你尽管流吧！不知倾吐着的是喜还是忧，你的源泉是心，是那心血化成的——往外流，在此啊，我知道你是有忧……

泪水啊，你不能白白地流……

（昨天晚上，××与我在一起交谈，谈到我要下基层实习之事，××哭了，泪水掉到了地板上，她很难过，我也同样很难受，为此，写上述几句以思吧。）

1985 年 5 月 20 日

昨天，和××去做了一套衣服，说来可够××辛苦的了。五月骄阳似火，可××为了给我买衣服，大热的天跑了两天，本来原打算前天与我同去江南城买，由于风大未能去，她到底还是去了（乘汽车）买回来了，真是够辛苦的了，切记！

1985 年 6 月 14 日

这几天，内心矛盾重重，××考上职大了，我们的婚事怎么办呢？又没有人帮忙，父亲今天来，再定夺吧。

1985 年 9 月 15 日（星期天）

刚才看了下我的腿，快要痊愈了，是令人高兴的事。这腿大概已有三四周时间了。

我的腿感染了"红线"——淋巴管炎。好厉害，一周行走艰难。××忙坏了，每天都得给我送饭，记得有一天（星期天）下雨，××早上披着雨衣、穿着雨鞋，给我送饭，这事令我终生难忘。

1985 年 10 月 4 日

我又想××了，我为什么这样想她？为什么呀？

以上摘录了四郎恋爱期间的部分日记。经过三年的相恋，二人终于修成正果。

结婚前，四郎家给了女孩五百元钱，女方家准备了做家具的木料。二郎带来几位木匠，在四郎租住的小屋内做了一套组合家具。

两人准备结婚租住的房子近邻有一家理发店，四郎在他租房处已干活多日，理发店的女理发师认识了四郎，当她得知四郎次日在他岳父家举办婚宴时，就对四郎说："明天早晨你来我店，我给你理理发、吹吹风。"四郎次日到了这家理发店，女理发师认真给四郎理了发、吹了风，四郎头上的黑发变得弯曲、有了波浪——这可是四郎第一次给头发吹风呢！四郎穿上西服扎上领带，显得更帅气潇洒了。四郎对着镜子看着自己，心里在想：妈妈生前常说，人靠衣裳马靠鞍，打扮打扮赛天仙。这话真不假呀！这一天，天空中刮起了八九级大风，女孩家的亲朋好友参加了婚宴，四郎单位的领导也到女孩家里参加了婚宴。

1986 年 4 月 20 日，这是四郎夫妇难忘的日子——他们的结婚日。早晨，四郎的大连桥开着吉普车，将四郎与妻子送到火车站，二人乘火车回到了四郎老家的县城，之后坐汽车来到了四郎老家，算是旅行结婚吧。老家也没有举办什么结婚仪式，也就没有农村闹洞房等事儿了。三郎在县城买点猪肉和青菜，四郎的父亲、大哥与大嫂、二姐与二姐夫、二哥二嫂、三郎和妹妹等一起吃了顿饭，就算是结婚欢庆宴了。

吃完晚饭，二姐夫说："咱们都回去吧，人生有四大喜事，今天是四郎的大喜事——洞房花烛夜。"说得四郎与妻子都不好意思。父亲与四娥住的房间给四郎夫妻腾出来住，父女二人到大郎家去住了。亲人都走了，天黑了，小夫妻俩早早进入了"爱窝"，尽情享受人生最美好的时刻。

四郎夫妇在老家待了两天，第三天返回。这是当地的风俗，出嫁女儿三天后要返回娘家看望父母。四郎和妻子回到了岳父家，女儿向父母说说三天的行程，两位老人听后感到高兴、满意。四郎夫妻吃完晚饭后，回到他们租住的小屋，从此开始了他们的新生活。

新婚宴尔、饮食衎衎，二人的新生活可以说是甜甜蜜蜜。这里不多叙述，看一则四郎的日记。这是二人结婚两个多月，四郎妻子在职大上学去野外实习归来后四郎记录下来的。

1986 年 7 月 7 日

昨天，××不期而归，非常高兴。心情的舒畅是难以言尽的，一别二十天的孤单生活结束了。原想明天××才能回来。离别难受之情，更有利于今后的生活，起码应时时想着，要珍惜团聚在一起生活时的快乐。名人有句话：许多东西，当你失去的时候，才知它的可贵。要牢牢记住！

　　四郎参加工作不久就获得了甜蜜的爱情，恋爱三年后结了婚，圆满走完了这段美好的人生路程。那么，四郎的工作又是怎样的呢？

　　四郎刚开始工作，并不顺利。主要是四郎在学校学的是"水文地质"专业，而工作的内容是"油田地质"与"油田开发"方面。四郎的工作是编制油田开发方案，这工作不仅需要石油专业的知识，还要懂得油田开发、工程技术、经济评价等，综合性较强。

　　四郎首先要自学从前没有学过的石油方面的知识，还要补充其他方面的知识，这就给四郎的工作带来了较大的困难。比如，领导交给四郎的开发指标测算工作，四郎所在的研究室只有一两个人会测算。四郎刚来不知怎样测算，就请教会测算的师傅，但这位师傅总是"支支吾吾"，你说没告诉四郎吧，他说了部分，你说他告诉四郎了吧，他总是还保留一些东西。而且师傅并没有告诉哪些书上有这些知识，四郎对此有些困惑，为什么师傅会这样呢？

　　四郎小时候母亲给他讲过"猫与老虎"的故事，看来这位师傅学到了猫的本事——留一手。由此，四郎也"悟出"两点道理，一是师傅得到的知识也不容易，凭什么就无偿地教于你？二是大学学习的目的就是知道有哪些知识，今后去到哪些书本里去找！

　　四郎懂得了这些道理，也就不再对这位师傅有什么想法和成见了。他就更加虚心学习和尊重师傅了。他到图书馆借阅相关书籍，并运用单位刚购买的PC-1500袖珍计算机编写程序，进行开发指标的测算。运用计算机计算速度，可比以往手工计算器快多了，四郎在这方面的能力，很快就超越了那位师傅。

　　四郎从小就是个内向的人，但他又是一个善于思考不服输的人，参加工作后对社会有着自己的看法，这里摘录四郎的几则日记。

1983 年 8 月 10 日

　　今天下午团委开了会，布置了 8 月份工作及一些其他事情。会后，团委书记和我说了关于我入党的问题。他说："要有这种思想，你现在具备条件。"以前室主任也找我谈了这个问题。自己早有加入党组织这个想法，只是思想上总有波动。

　　入党是自己的崇高目标，一定要实现它。朱××不也没有做出惊天动地的事业吗？就是从平凡小事做起，全凭这颗心。

做一个无产者！做一个共产主义者！严济慈、华罗庚那么大年纪还入党，二十几岁的我要有这个决心。

1984 年 10 月 15 日

今天发工资，加上奖金共计八十多元，加上上月余的钱，存上一百五十元。现在共计存三百元，真是不多。从中可以看出存点儿钱不容易。所以我想，在解决个人问题时，不要其他人的钱（家里兄弟姐妹等），要自立，要自己来解决为好。

1984 年 12 月 19 日

人生的意义是什么？我想应该是留下一点永恒的东西。

1986 年 1 月 20 日

我生命的支柱有两个：一个是对大自然未知奥妙的探索，一个是人类所爱（父母之爱、妻子之爱），正是这两个支柱，才使我在人世间觉得活着有意义，才能战胜一切困难。

1986 年 7 月 5 日

昨天看到李师傅已经把××油田开发指标测算工作搞完，可自己搞的油田测算还没有眉目，感到很烦乱，加之××没有在家，这几天心情总是不好。

参加工作近四年，可是没有搞上一个好项目，真是没有办法。生活呀，生活！但不要烦恼，这四年总是做一件大事，它将使我终身幸福的大事，有了它，一切困难都不怕了。

前面讲了四郎的爱情、婚姻与工作情况，那四郎的疾病又怎么样了呢？

四郎工作后，深知不治好自己的病，就无法更好地工作、更好地生活，无法实现自己的理想，所以他想尽办法进行治疗。

四郎将自己工作时希望尽快治好自己疾病的渴望，医治疾病的过程记录在日记中，这里摘录几则。

1983 年 2 月 4 日

身体呀！身体！革命的本钱！自己的本钱！

我何时能用颤抖的手来写两个字，我为之高兴而发狂的两个字：好了！

那时我敢说我是世界上最幸福的人。到那时，我将去欧洲旅游。

1983 年 10 月 11 日

今天是几年来难得的一天，头特别清晰，身体好多了，精神好起来了。太阳来了，光明来了，幸福来了，成功一定会来的。好了！高兴极了。好好读书。"读书破万卷，下笔如有神。"以胜利的姿态前进，前进！

1984 年 3 月 30 日

如果说一个人健康的身体可得 100 分，那么我以前的身体只能得 60~70 分，最糟糕时大概也就是 50 分，现在可得 80~90 分了，再过几天可得 90~95 分了，相信不用多久可得 100 分。

1984 年 6 月 23 日

健康就是幸福。

从以上摘录的四郎日记可以看到，四郎从大学得病到工作长达五年时间，最后终于有了好转。

1987 年是四郎工作的转折点，这年四郎终于独立承担了科研项目，当了项目长，可以说是厚积薄发。四郎在项目中应用了新技术、新方法，是研究室内从前没有应用过的。在答辩会上受到了院领导的高度赞扬，由此一举成名。四郎很喜欢那句名言："不鸣则已，一鸣惊人。"现在看来，四郎算是基本实现了！

这个项目在年终时获得了局级科技进步奖，要知道在四郎的同一研究室、同一年内共有四个类似的科研项目，只有四郎这个项目获得了科技进步奖。这一年，四郎晋升为工程师。此时，正是国家重视知识分子的时候，四郎的"居民粮食供应证"上注有"工程师"字样，每月到粮店领粮油时，都要多给些细粮和豆油呢！

20 世纪 80 年代的中国，犹如寒冬过去迎来了春天！它是一个朝霞灿烂的年代！它是一个充满激情的年代！农村包产到户、企业承包；张海迪、李燕杰、曲啸的励志事迹与演讲，激励着年轻一代奋发有为、勇往直前；所有这些，都会给这代青年人头脑中留下深深的印记。

　　四郎在工作后，学会了打乒乓球，打得还不错呢！篮球打得也不错，投篮特别准。有一次研究院几十个青年举行定点投篮比赛，四郎投了十个球，五个三分球投进三个球，五个二分球全部投进，十个球共计得分 19 分，取得第一名，被命名为院里的"神投手"。四郎在工作之余读了不少书，有哲学书、历史书、名人传记、诗词等。四郎观看了电影《高山下的花环》《庐山恋》《红高粱》等；观看了电视剧《射雕英雄传》《霍元甲》《血疑》等；聆听了广播里播出的小说《平凡的世界》；唱着歌曲《酒干倘卖无》《冬天里的一把火》《赤足走在田埂上》……

　　四郎享受着青春、爱情、工作给他带来的快乐。

15

前面讲了小屯一家几个孩子的家庭、生活和工作情况，接着我们说说小屯钟家父亲晚年的生活和相关的事儿。

20世纪80年代，钟海一家较小的四个孩子都已先后结婚成家。时间步入20世纪90年代，家里的老父亲也已步入古稀之年。父亲总算完成了当初对老伴临终前的承诺，八个孩子都已成家立业，自己也该享几年清福了。

四娥结婚后，孩子们说："爹，今后您就不要自己做饭吃了，就到各个孩子家吃住吧。"父亲说："行，以后我就到你们各家吃住。"父亲又说，"但我的老窝还得留着，我回来时还要住在这里。"孩子们说："行，就按您老说的办。"

起初，父亲先后在二郎、大郎家吃，晚上还是回到自己的屋子里住。因三郎、四郎都没有较宽敞的房子，父亲有时只能去三郎那里小住。父亲有时也去大娥、三娥姑娘家住上一段时间。

改革开放十多年了，农村经济有了较大的发展，大郎、二郎家还住原来的土坯房，他们想拆掉老房子，在原房场地上盖新房——砖房。

先是大郎在原宅基地上，将原来三间的土坯房翻盖成三间砖瓦房。

二郎在外打工已有多年，攒了不少钱，他想在父亲的老院子地方进行翻盖。但父亲说过："我得有个老窝。"意思是老房子还想保留，但二郎要在其他地方盖新房，需要村里新批"宅基地"。

二郎请三郎回家来劝说父亲，三郎回家后与父亲、二哥一同商量，最后二郎说："我要盖三间砖混平房、两间砖瓦仓房。爹要自己住，平房给爹一间。"老父亲对此也就勉强同意了，二郎把旧房子扒了，先盖起了仓房，在那里搭起了炕和锅台，吃住在那里。父亲看到这仓房各方面条件与平房没啥差别，房子都朝阳、房间也不小，父亲就说："以后我就住在这里算了，炕与锅台都是现成的，又是独立的房，屯子里的老人到这里一起玩玩儿也方便。"二郎与媳妇答应着，说："爹，怎么都行。"这之后，父亲就去了姑娘和亲戚家串门去了。过一段时间回来时，看到二郎的平房也盖好了。二郎一家已搬进了平房住，而仓房里的炕与锅台都被扒了，把一些破烂东西放到了仓房里。父亲看到这些心里很不高兴——心想自己的窝到底给弄没了。

二郎媳妇说："爹，您就住在里屋吧。"父亲说："那也只好这样了。"父亲心里还是不高兴，住了几个月，觉得还是不方便，心里觉得窝火，心想我到大姑娘家待一段时间、解解闷。这时就快过年了，父亲给了大郎、二郎家小孙子各二十元钱，让他们过年买鞭炮，就去了六七百里外的大娥家。大娥看到父亲此时来她家心里有些不解，心想这都要过年了，爹怎么这时来我这里呢？过了两天，大娥与父亲在街里溜达，突然看到三郎来到跟前，只见父亲没有和三郎说话，扭头就走了。大娥问三郎这是咋回事。三郎就把家里二哥盖房子的事儿与大姐说了一遍。大娥方才明白父亲还在与三郎怄气——不因为三郎，自己的窝怎么能没了呢？

原来三郎知道父亲去了大姐家，就去了大姐家看看老爹，毕竟此事与自己也有关系，当初是自己劝说的父亲，父亲才答应二郎在老房场翻盖新房子的。三郎与大娥都劝说父亲一番，老父亲也是个通情达理之人，经孩子劝说，气儿也就慢慢地消了。这样，父亲在大姑娘家过的年，之后又待了一段时间，回到了小屯老家。父亲在二郎或大郎家各住一段时间，并帮助两家看家望门，干些力所能及的活儿。大郎与二郎两家东西院，大忙季节，老人家在一家也可以照看两家的院，在大郎家还可以照看重孙子。

但时间一长，大郎和二郎媳妇常发牢骚，在一块叨咕："爹白供了两个大学生，到头来还得在咱们两家住。"大郎、二郎和二娥家的几个孙子、外孙女对爷爷或姥爷都很好。二郎家买了台彩电，常有乡亲来看，这时二郎儿子总是搬个板凳放到好位置，让爷爷坐在那里看电视；二郎家买水果，孙女就用碗装着水果送给爷爷吃。二娥家女儿看到姥爷在开荒地往家背大麻子，就帮着姥爷背……

三郎知道自己家住的房子小，爹在那里住也不方便，就常常回老家买些食品给父亲和两个哥哥家送去。一日，大郎去县城办事到了三郎那里，哥俩唠嗑儿谈起父亲赡养的事儿，三郎说了自己家居住条件差，并流露出一些对大嫂不满的话。大郎回到家里说起了这事，大郎媳妇对三郎的话非常不满，说："明天，我去找三郎'算账'去！"大郎劝了媳妇一通，媳妇没再吭声。

次日，大郎媳妇一早就坐车去了三郎单位，想在三郎单位同事面前埋汰埋汰三郎，让三郎在单位没脸见人。还好，这天是周日，三郎没上班，在家里。于是，大嫂就跑到三郎家里，大骂三郎如何不孝顺等。三郎没有理会大嫂，三郎媳妇劝说大嫂一顿，大嫂这才回到家去。

三郎打电话，将此事告诉了四郎。四郎非常伤心难过，心想父亲都这么大岁数了，我们从小就失去了母亲，是父亲带领我们家把八个孩子拉扯成人，本该让父亲过个安详愉快的晚年，大嫂怎能这样？四郎对三郎说："三哥，你不要着急，明天我就回去，把爹接到我这里。"

第二天，四郎在单位要了一辆车就赶往大哥家，到了大哥家也没说上几句话，就把父亲接上车往回走。车刚刚离开大郎家没有多远，大郎一家还在送四郎没有回屋呢，就看到三郎也来到大郎家南面二三百米处，三郎也没与大哥一家打一声招呼，直接就上了四郎的车。三郎上车后，对四郎说："小弟，爹到你家住，我就放心了，你就得多劳累了。"四郎说："三哥，你就放心吧！我一定会照顾好爹的。"时间不长，车就到了三郎所住的县城，三郎下车，回到自己的家中。

四郎将父亲接到自己家里，此时，四郎住的是五十四平方米的"插间"。所谓"插间"，就是由两家住，每一家各住一个寝室，厨房、厕所、阳台两家共用。四郎早已借来一张床，给父亲住。这样，四郎夫妻与父亲在一个屋子里住，虽然不方便，但却能尽一点四郎的孝心。父亲在四郎家住了几个月，又到其他几个孩子家去住了。

过了两年，四郎单位的住房条件有了较大的改善，四郎分到了三十七平方米的楼房，一室一厅，父亲就到了四郎那里，住在厅里。没住一两年，四郎又分到了两室一厅五十五平方米的楼房，父亲则住在单独一室里，住宿的条件就更好了。这之后，父亲大部分时间住在老儿子四郎家中。父亲看到老儿子家缺盖帘，就记在心里。等回到老家，自己钉了几个盖帘，再来四郎家时，就将盖帘拿过来给四郎家用。

四郎晋升工程师后，担任项目长，订阅了大量的石油专业期刊和购买了大量石油专业书籍，发表了论文和出版了著作，获得了多项科技进步奖，科研水平不断提高。1992年，四郎晋升为高级工程师。此时，四郎33周岁，毕业正好十年。如今四郎也相当于副教授，这怎么能不使四郎感到骄傲和自豪呢！

四郎所在的城市也发生着较大的变化，由原来一个县城变成了地级市，一座座高楼平地而起，市容市貌一天天在变好。就在这时，四郎单位总部的大领导来油田调研，油田汇报了本单位技术人员住房困难等问题，总部领导特批了专款专用盖楼资金。第二年就盖起了专供高级工程师居住的七十平方米的"高工楼"。四郎又高兴地搬入三室一厅的新居，住房较原来更加宽敞，父亲在四郎这里住的时间就更多了。四郎妻子也比较孝顺，从未对老公公慢待过、给过脸色看。父亲从不管四郎家的私事，自己的衣服也自己来洗。四郎媳妇说："爹，您的衣服脏了就放到那里，和我们的衣服一块用洗衣机来洗。"父亲总是一口答应着，但在四郎夫妻上班时，自己就将衣服用手洗完了。父亲吃饭时从不挑食，总是与四郎夫妻家一起吃，不需要给他单做。

白天父亲就到附近一家百货店门口，与聚集在那里的一群老年人一起唠嗑儿。午饭、晚饭前回到四郎家。父亲回来时，时常买一块大豆腐或一些蔬菜。父亲在四郎家住得比较舒心，但有一事，让父亲有些忧心——那就是四郎结婚已五六年了，还一直没有孩子。

原来四郎结婚时，妻子正在职工大学读书，其间妻子怀孕一次，做了人工流产。等到妻子职大毕业后夫妻俩想要孩子时，妻子一直没能怀孕。所以父亲每次离开四郎家，去到其他孩子家或到亲戚家串门时，总是到处给四郎妻子打听能怀孕的偏方。

又过了两三年，到了20世纪90年代中期，终于有了喜讯——四郎媳妇怀孕了，而且是一对双胞胎。四郎把这一消息告诉了家人，父亲和家人都为四郎高兴。父亲听后便来到了四郎家，帮助四郎家干点活儿，以减轻四郎妻子的负担。过了七八个月，四郎妻子生产了，好样的！——生了一对龙凤胎，来一个儿女双全。

四郎妻子产假过后还要上班，大郎家女儿正好初中毕业没再读高中，在家里帮忙。四郎给大郎打去电话，问能否让女来家帮助照看孩子，大郎就让女儿去了四郎家，与她爷爷一起帮助照看四郎家的两个孩子。

四郎家由原来的两口之家，一下子变成了六口的大户人家了。虽然大家都比较累，但人人心中都感到幸福。特别是四郎夫妻——高兴的心情更是难以言表。想当初没有孩子时，他们夫妻在与同事一块聊天时，最怕聊到小孩子的事。俗话说："矬人面前不说矮话。"但谁又能想得这样周全呢！特别是有小孩子的年轻人，在一起聊天时，最愿意聊的就是小孩子的事。众人在议论谁家的小孩子时，四郎与妻子从不搭话，看到热聊时就躲在一边或他处，以回避自己没有孩子之痛。

父亲在四郎家照看小孩，两个孩子慢慢会说话了，父亲就教他们日语，这是父亲在伪满洲国统治时期上私塾时学的，虽然已过了五六十年，但学的常用日语还清楚记得，如吃饭、喝水等日常日语。教孩子阿拉伯数字的日语……爷爷一句一句耐心地教着，孙子孙女一句一句跟着学。爷爷说一句汉语，两个孩子争抢着说句日语，说完爷爷和孙子孙女一起咯咯笑着……

面对此景，四郎心想，自己小时候父亲从来没有教过自己学日语，也从来没有对自己有过如此的耐心。那时父亲的负担太重了，一天实在是太累了，哪有时间啊。现在父亲没有负担了，心情好了，对隔代的孩子也有闲心教了。两个孩子与爷爷和姐姐也都很亲近。

照看孩子的责任是很大的，一次父亲将小孙子放在一小凳子上，一不小心，孩子掉了下来，把爷爷吓得够呛。爷爷将孙子抱起来看看没有大碍，总算放下心来。四郎夫妻下班回来时，老父亲将此事向他们说了，二人安慰父亲："没什么事儿，不要担心，您放心看着吧。"

父亲手巧，四郎妻子在她大姐家拿来她外甥小时候用的小推车，父亲在小推车下部绑上一块长方形木块，这样，一个孩子坐在车内，一个孩子站在车外木板上、把着推车的推把处。父亲一人推着两个孩子，哼哼呀呀着在厅里走，两个孩子高兴得不得了。

父亲与侄女帮四郎照看小孩两三年，这两三年间也受了很多的累，除了四郎夫妻休息时，整天在家里看孩子。好在这期间先有了"大礼拜"，之后有了"双休日"，替四郎夫妻看管孩子的事，也可以相对轻松些了。当四郎夫妻休息时，便叫父亲出去溜达溜达。

孩子渐渐长大了，四郎妻子将孩子送到托儿所。这回好了，孩子上了托儿所，父亲就轻松了，父亲吃完饭又能去那家百货店门口，与那些老年人聚在一块聊天了。

四郎妻子帮助四郎侄女找了一家企业干活，帮助她找了对象并结了婚，也算是对四郎侄女帮忙照看自己孩子的回报。

父亲是位很和群的人，无论在哪儿，都能与周围的老人一起唠嗑儿、和谐相处。父亲身体一直较硬朗，直到晚年也无大病，只是有老年人常见的病——便秘和睡眠不好。与父亲在一起聊天的许多老年人也有这种疾病，他们相互交流经验。

父亲在四郎家待了也有五六年了。有一次，二郎与三郎来四郎家看望父亲，看到四郎一家六口人，两个孩子还小，又有老父亲在这里住，真是不容易。二郎便对四郎说："我1993年就搬到了楼里住，次年孩子上县里读书，家也搬到县城住了。我们的居住条件都好了，以后让爹到我们那里去住吧。"三郎也接着说："你家人口多，孩子又小，我看父亲就轮流到咱们哥几个家住吧。冬天就到有暖气的家住，你看怎么样？"四郎说："我看行，就按哥哥说的办吧。"这之后，父亲就在四个儿子家，每家轮流住半年，有时也到姑娘家小住一段时间。

　　国家改革开放已二十多年了，父亲赶上了好时代，国泰民安，百姓的生活也是越来越好。老父亲在大儿子家住时，已是四代同堂了，享受到了晚年的幸福。

　　2000年刚过，父亲已步入耄耋之年，迎来了八十大寿。父亲在他同胞之中最小，他的两个哥哥与三个姐姐都已先后离世了，父亲成了这一辈的老寿星。

　　老父亲活到八十岁，还真没有过个像样的生日。早前，家里生活困难，哪有闲心过什么大寿啊！这会儿他的儿女们都成家立业过上了好日子，所以，孩子们早早就开始为老父亲张罗八十大寿的庆典，地点在大郎家。主事儿的还是三郎，此时，人人都有手机，庆典前三郎用手机告诉兄弟姐妹各家，还有本家族的晚辈们，并通知了本屯的乡亲们。

　　2001年农历六月二十一，是父亲的八十大寿。为办好这次庆宴，提前就进行了准备。买来一头猪、一只羊；买来鸡、鱼、各种新鲜蔬菜；买来白酒、果酒和啤酒等。

　　大爷家、二大爷家、大姑家、三姑家的孩子及晚辈们，老寿星的八个孩子及子孙们，还有住在较远的亲戚提前就来到了大郎家。这天是公历8月10日，正是学生放暑假时期，来的客人还带来了不少孩子。小屯的不少乡亲也都来了，真可谓"东西南北中，到处有人来"呀。

　　在大郎家院外树荫处，架起一个长几十米的大棚，安放了十几张桌子与百八十个凳子。专门请来了厨师做饭菜，还雇来摄影师、录像师，带来照相机、录像机和音响。宴会前，大郎家的院内外大人与孩子们人来人往，音响放出的歌声传遍了大半个小屯。整个庆宴好热闹，小屯充满了喜庆的氛围。

　　庆典开始前进行了拍照。直系亲属五十多人照一张；与八个孩子及晚辈照一张三十多人的"全家福"；与八个孩子每一家照一张；与四个儿子照一张；与四个姑娘照一张，与晚辈们照一张……数码相机一张又一张"咔嚓、咔嚓"地拍着，大家都在簇拥着老寿星，老寿星总是笑呵呵地相应，来者不拒。之后，老寿星回到了屋里休息。

　　庆典即将开始，所来之人都已入座，音响也停放了歌曲，录像开始。中午11时45分，主持人拿着麦克风，宣布寿宴庆典正式开始。主持人说："今天是2001年农历六月二十一，是钟氏家族钟海老人家八十寿辰，我们在这里给老人家举行八十大寿庆典。下面请大家起立，欢迎老人家入席。"

　　就见老寿星在大郎女儿和三郎儿子的搀扶下，二十多个孩子簇拥着，在孩子们的欢声笑语中，伴随着《祝你平安》歌曲声，从大郎家的屋里走了出来。老寿星穿着件白色短袖上衣、灰色单裤、黑色布鞋，满面笑容。大家鼓掌欢迎，老人家走到宴席处，坐在了第一张桌子旁，这张桌子上放有一个特大的蛋糕。

接着三郎代表钟氏家族和老寿星祝词，三郎的祝词如下：

亲爱的各位朋友、各位长辈、兄弟们、姐妹们，以及小字辈们：

大家好！

正值红花似火、绿树成荫、硕果累累的季节，迎来了老父亲的八十寿诞，在这里我代表老父亲，向前来参加庆典的所有亲朋好友，表示衷心的感谢！

各位亲朋，我们告别了过去难忘的岁月，正享受着今天的美好生活，但在我们奔波之余，彼此的心情都寄托着深深的思念和无限的牵挂。亲属之意、骨肉之情，时时伴随着我们的心绪，萦绕在我们的心里、梦中，我们每个人都有自己的生活轨迹，岁月很慷慨地给了我们事业和家庭。生产队的群体生活，给予了我们深刻的记忆；乡亲们质朴的话语，我们难以忘怀；几位老姐姐谦和的气质，耿直的作风，犹如长者的风范，永远值得我们学习。特别是老父亲，他只管耕耘，不问收获；他默默无闻的奉献精神，我们兄弟姐妹们将永志不忘。

为了表达我们的情义，代表在座的各位向老人鞠个躬，感谢您对我们无私的奉献。

各位亲朋，光阴似箭，日月如梭，此时此刻，我们将更加珍重亲情、友情。我们在座的有刚刚腾升的太阳，有八九点钟的朝阳，有正午的烈日，有美好的夕阳。愿大家的生活像阳光一样灿烂，像彩虹一样美丽！在今后的岁月里，希望大家像今天这样，围坐在圆桌旁边，说说心中美好的话语，畅想未来甜蜜的生活，给我们的青春树浇上一壶甘露，给我们的老藤加上一抹新绿。

祝大家家庭和睦，每天都是个晴朗的日子，每天都有个好心情！祝愿老父亲身体健康，生日快乐！

最后，为父亲说句心里话，表达他老人家对大家的祈盼：归兮，归兮，归来兮，归来与尔同乐，归来与尔同醉！

主持人邀请了来宾中年龄最大的钟海的二侄女代表钟氏家族讲话。二侄女简单回顾了老寿星的过去，最后祝福老寿星健康长寿。

接下来寿宴的内容是：点蜡烛、吹蜡烛、切蛋糕。在《祝你平安》的歌声中，众多孙子、孙女，站在老寿星桌子周围，拿下生日蛋糕的外盒，看到大蛋糕上有"生日快乐"的字样，插上并点燃生日蛋糕上的八支蜡烛。众多孙子、孙女拍手唱起《祝你生日快乐》，宴会达到了高潮。之后，老寿星吹灭了蜡烛。孩子们用刀切开生日蛋糕，先送到老寿星跟前，接着一碟一碟端到各个饭桌，热热闹闹，大家一起分享。

紧接着就是上菜开宴，宴会共有十来桌。这是八十年来给老寿星第一次举办这么大规模丰盛的宴会，钟氏家族也从未有过这么齐全的人聚集在一起。每桌16道菜，荤素搭配。有东北人最喜欢的猪肉炖粉条子、猪心、猪肝、猪肺、羊肉炒尖椒、羊肚、小鸡炖蘑菇、鲶鱼炖茄子、红烧鲤鱼、羊汤……主食大米饭、馒头；酒更是不能少，白酒、果酒、啤酒，应有尽有。

寿宴期间，每桌上的人们互相唠起家常。有的说起老寿星过去勤劳、爱动脑筋的事儿；有的说起老寿星平日严管孩子的事儿；有的说起老寿星与乡亲们友善的事；有的议论起老寿星长寿的原因。回顾往日生活的艰苦，说说现在生活的幸福，畅想起美好的未来。一个个端着酒杯来到老寿星这桌，向老寿星来祝寿。

有愿意唱歌的，争相到麦克风前一展歌喉。三郎怎能示弱，他多次走到麦克风前一展歌喉，唱起他最拿手的歌曲《草原上升起不落的太阳》《甘心情愿》，三郎儿子唱起《忘情水》……

酒过三巡，菜过五味，大家早就劝老寿星离席去休息，但老寿星还是迟迟不肯离去，仍然与参加庆典的人们在一起拉家常。小孩们早就到阴凉处或屋子里玩耍去了。四郎家的女儿特别愿意玩小鸡崽儿，她三姑就帮她抓小鸡崽儿来给她玩儿。那些大一点儿的孩子们，到园子里去寻找喜欢吃的东西去了。这时，播放起舞曲，会跳舞的开始跳起舞来，三郎夫妻、二娥家女儿、四郎妻子，还有乡亲们一起跳起了舞。歌声、笑声、掌声此起彼伏，不绝于耳，场面十分热闹，乐得老寿星合不拢嘴。

俗话说，天下没有不散的筵席。庆典大约持续了三四个小时，此时，日头也已偏西，太阳的热度逐渐减弱，天气渐渐有些凉爽，老寿星回到屋里。这时老寿星的儿子、女儿、侄儿、侄女和亲戚朋友送给老寿星祝寿钱，老寿星都笑呵呵地一一收下了。乡亲们也一个个酒足饭饱、满脸涨红，三三两两地各自回到家中。

亲戚中离家较近的也都一一告别，返回自己的家中去了。离家较远的亲戚，第二天也都陆续返回家里。剩下老寿星的八个孩子和晚辈们，在此还要住上几日，陪陪老寿星。老寿星说："我能活到80岁，全靠儿子、儿媳妇、姑娘、姑爷们的孝敬，我这辈子知足了。咱们小屯我是最幸福的一个，你们各家现在生活得都幸福美满，我也没有什么惦记的了，你们就好好过自己的日子，我就安心了。以后，我想到谁家就到谁家待上一些日子。你们都不用牵挂我，我的身子还挺硬实，还能活几年。我赶上了好时代，你妈就没有赶上好时代，没享上一天福啊。"

父亲说的这番话是他的心里话，虽然父亲在儿子各家也有过不太愉快的时候，但并没有哪个儿子与儿媳妇慢待他老人家。父亲对四郎曾多次说过："我这辈子知足了，四个儿子、儿媳妇没有对我耍脸子的，对我都挺好。"孩子们七嘴八舌，与老父亲唠上一些过去的事。又过几日，参加庆宴的孩子及孙男娣女都先后回到了自己的家中，老寿星的八十大寿圆满结束了。

此时正属夏季，正是瓜果满园之时，也正是小屯最好的时节，老寿星暂住在大郎家中，享受着小屯夏季的田园风光。

16

父亲八十大寿庆典后一直在大郎家待着，入冬前来到了四郎家。父亲还带来一副老纸牌。父亲对四郎说："咱屯子王老球子没了，我把他家那副旧纸牌拿来了，留个念想，闲来无事时玩玩儿。"四郎问了王老球子得的什么病，以及他家的情况后，说："我不能忘记老王太太呀！那年我妈去世时，老王太太晚上陪我们孩子三天呢，我真是难忘咱小屯的父老乡亲啊！"父亲在四郎家没事儿，自己时常摸小牌玩儿，打发着时间；有时拿张报纸或手捧着一本书哼哼呀呀地"唱书"——谁也听不出他在念什么。四郎看到此景，心里有说不出的忧伤，心想要是妈妈活着，父亲有个老伴儿该有多好啊，父亲自己孤单单地生活已有三十年了。

又过了三四年，父亲住在四郎家里。在夏季的一天夜里，父亲突然喃喃自语，说起"胡话"来，而这一天四郎出差在外，这把四郎媳妇给吓坏了。第二天，四郎媳妇给三郎打电话，说了父亲的情况，当天三郎与二郎来到了四郎家，恰好四郎这天也出差回来了。哥几个商量一下，还是先将父亲接到二郎家去，因二郎媳妇没有工作，可以照顾老父亲。次日，二郎与三郎将父亲接到二郎家去了，并到县医院进行各方面检查，诊断结果是：父亲得的病是"小脑萎缩"。医生说，目前没有什么好的治疗药物，这也是老年人一种常见的病，回家好好养着吧。

父亲在二郎家住上几个月，病情又加重了，渐渐不能自理了，看来老父亲来日无多。哥几个商量，将父亲接到大郎家，父亲的寿木与寿衣都放在大郎家里，农村房子大、宽敞，大哥家冬天没有农活，伺候父亲也方便些，入冬前将父亲接到了大郎家。

说起父亲的寿木，在几年前就为父亲准备好了。是大娥女婿给准备的，大娥女婿是煤矿的一个小头头，单位有不少换下来不用的旧枕木，大娥女婿说这都是好木料，给岳父做寿木也挺好，就从煤矿那儿拉到了大郎家。

父亲八十大寿之后，三郎想，父亲都80多岁了，为儿女辛劳了一生，用这枕木做寿木，虽然材质没有问题，这木料又扛烂，但让外人看见不好。对此，三郎找四郎商量，四郎听到这话，非常赞同。四郎说："还是三哥想得周全，如果老父亲用这枕木做寿木，我一辈子心里都将不安，现在，我们的生活都富裕了，不能用这枕木给父亲做寿木，我们哥儿几个花钱要买好的木料给父亲做寿木。"

小哥仨一起商量都认为，大哥家里经济条件不如他们，父亲寿木的钱就不用大哥花了，他们哥仨均摊。就这样，二郎是木匠，更懂得木料的材质，就让二郎负责父亲寿木的购买事宜，并将木料运到大郎家中。父亲知道后，说："你们还花钱买这干啥，这不是浪费吗？用你姐夫给准备的寿木不就很好嘛！"二郎说："这是我们哥儿四个的意思，您老就不用管了，这是我们的一点孝敬。"父亲见已不能更改，也就再没有多说什么。

父亲的寿衣，是在几年前大娥回家串门时，同弟妹们说："父亲目前身体虽然还好，但也可以看出一年不如一年了，把父亲的寿衣准备一下吧。"当时父亲也在场，父亲听后，说："不要准备这些了，人死如灯灭，穿什么都没用，还是节省点好。"父亲多年以来，确实已经将死看得很淡。但他的孩子们肯定不会这样想，他们一起商量着就把父亲的寿衣准备妥当了，放在大郎家里。但父亲对这些衣物有些忌讳，他并不愿看这些衣物，不像当年的奶奶，把她保存在二大爷家的寿衣，经常拿出来看看、晒晒。

父亲这次到大郎家，与以往有了较大的不同。以往父亲不论在哪家，都能帮助干点活儿。这回父亲已不能自理，主要由大郎伺候、照顾。三娥知道父亲病重，来到大郎家伺候父亲两三个月。二郎、三郎也常回到大哥家看望父亲。三郎来时总是买些肉类、蔬菜等食品与大家一起用餐。这样，父亲在病痛中度过了2006年的春节。

2006年春节过去数日，大郎给弟弟妹妹打电话，告知父亲病重。于是弟弟妹妹陆续都从自己家中来到大郎家看望父亲。大娥家里脱离不开，没有告诉她；二娥虽在一个小屯子里住，因她大病多年卧床不起，已长时间不省人事，故未通知。

四郎与妻子见到父亲时，父亲躺在大哥家的里屋，已多日很少进食，不怎么认人了。四郎问父亲："爹，我回来看您来了，能不能听出我是谁呀？"四郎连问几遍，父亲都没有吭声。再问时，父亲说："别问了，我心烦！"四郎不知所措，有些莫名其妙，心想父亲为什么说出这番话来呢？也就没有再与父亲交流。因为家里孩子小，次日四郎与妻子又返回家中。

父亲的病情仍在加重，这时，大郎便把父亲的病情告诉了大姐，大娥也从六七百里外的煤矿来到大郎家，三娥与大娥一起伺候父亲。

　　转眼又过去了二十几日，这一天，父亲病情更重，大家将父亲的装老衣服穿上了，大娥问父亲还想见见谁不？父亲好长时间没有出声，突然喊出："刘××！"刘××是四郎妻子的名字。于是，大郎给四郎打电话，说："父亲病情加重，他想见见刘××。"四郎与妻子赶紧向单位要了一辆车，奔向大哥家看望父亲。当四郎与妻子赶到大哥家时，看到父亲穿着装老衣服——黑色的棉衣棉裤，躺在大哥家外屋炕上，哥哥与姐姐看到四郎与媳妇来到屋里，便向父亲说："爹，四郎与媳妇看您来了！"四郎与媳妇大步走到父亲跟前，四郎媳妇说："爹，我是刘××，我和四郎看您来了。"父亲这时已说不出话，也睁不开眼，只见他从眼眶中流出串串泪珠，一直流到枕头上。四郎媳妇见此，便哭了起来，众人也跟着一起哭起来。

　　中午在里屋吃饭时，四郎坐在里面，里屋的门一直开着，四郎看到父亲病成这个样子，心里非常难过，他再也忍不住内心的悲痛，放下碗筷，突然号啕大哭起来。同桌吃饭的哥哥、嫂嫂、姐姐等众人见此，都有些惊慌。

　　四郎这个人，是很少掉眼泪的。在家看电视时，遇到悲伤的场面，四郎媳妇常常掉眼泪哭得眼皮红肿，而四郎则说："这是在演戏，你又何必动真格的呢！"

　　这次，四郎是发自内心的悲伤！又有谁能知道四郎的内心世界呢？他想起父亲过去在自己家的日子，又想到父亲此时应该住在医院里，不是能减轻父亲的疼痛吗？可是自己对此又无能为力，所以，他难以抑制内心的悲痛大哭起来。

　　大郎看到四郎这样，对四郎说："小弟你也不要太悲伤，我们都对得起父亲。"四郎说："这我也知道，但爹近年在我家待的时间长，帮我看孩子，我与你们有着不同的感受。"说着说着，又呜呜哭起来。大郎见此，说："你要这样，就赶紧回家去吧！"三郎见状，便说："走，小弟，我们到西院大侄家去坐会儿。"这样，四郎与三哥就到大侄家去了，哥俩在一起唠了很多往事，三郎又劝慰了四郎一会儿，四郎的心情平静了许多。

　　父亲的病情愈加严重，于是小屯里五六个乡亲和家里亲人组成看护小组，白天与夜里轮换看护。这一天，父亲额头上出了大量的汗，有位乡亲说："这是虚汗，是病人临终前病情加重的征兆。"于是，孩子们心里有些紧张。但过了一会儿，大家看并没有什么大的反应，仔细分析认为是由于炕上太热，老爷子又穿着棉衣棉裤。于是，大郎将外面的木板拿来铺到炕上，将父亲抬起放到木板上，这样老爷子的汗渐渐不出了。

　　不断有乡亲们来看望父亲，有位叫王权的乡亲来看望时，与家人一起聊天，坐在父亲身旁说："老海头，你能活这么大的岁数，也算是寿终正寝了！"说来也奇怪，多日没有说话的父亲，还能听出是王权在说话。父亲闭着眼睛说："王权，你说什么寿终正寝！"大家也觉得惊奇。

就这样，父亲仍然不能吃饭，但过一会儿就会说"水、水"。孩子们知道父亲要水喝，就用小勺给他饮水。父亲的病是越来越重，全身疼痛，父亲咬紧牙关，尽可能不出声，尽可能减少孩子们的担忧与悲痛。有时实在疼痛难忍，他就哼哼几声。还听到他说："我这辈子做什么坏事了，这么惩罚我呀？"孩子们看不过去，就找来村里的医生给父亲打了一针"安痛定"，以解父亲的一时之痛，过了一会儿，还是疼痛。父亲就在这疼痛中折磨着，又坚持了四五天时间。

四郎与媳妇在大哥家待上几日后，大郎、大娥都说："小弟，你们还是赶快回去吧，家里孩子太小，没有人照顾怎么行？"于是，四郎与媳妇又回到家里去了。三娥已来了二十多天了，三娥和四娥也回家去了。

父亲从不能吃饭、仅能喝点儿水算起已达半月，这一天傍晚突然病情加重、呼吸困难。大郎给三娥、四娥和二姐夫打去电话，因四郎家较远，且孩子较小没人照顾，就没有给他去电话。大郎大儿子开着家里的小四轮车，将三娥接过来，四娥也急匆匆从家里赶来。三娥到大郎家时，看到众人围着父亲要往外屋地架起的木板上抬，三娥跳上炕去，就抱着父亲大哭起来，说："我爹没有死，你们不能往下抬！"这时，大郎说："不行，不行，赶快往下抬！"农村有种说法，人死在炕上不吉利。于是，众人将父亲抬到了外屋地架起的木板上。父亲躺在木板上，断断续续地呼吸着，不大一会儿就咽气了。儿女们号啕痛哭，众人将父亲的遗体抬入棺材内，放了鞭炮。乡亲们知道了老爷子故去，也纷纷赶来。

人们常说母子连心，父女又何尝不是呢？二娥已是两三年不能说话、自理了。今天竟说起话来，她对丈夫说："你们忙活啥呢？是不是爹没了？"二娥女婿感到很吃惊，并告诉她："是的，老爷子没了。"二娥没有再说话。

父亲去世这天，是 2006 年 3 月 25 日，农历二月二十六。父亲走完了他 85 岁的人生历程。按照农村的习俗，死人"逢七、逢八"不埋。但大郎与媳妇不想父亲的遗体在家中停留更多的时间，兄弟姐妹家里也有不少事情要做，于是大郎对兄弟姐妹们说："不要再等了，明天就埋了吧。"次日一早，大郎给四郎打去电话，说："爹已过世了，今天出殡，早点回来吧。"四郎听到父亲的噩耗，及时安顿好孩子，立刻与妻子打出租车赶奔大哥家中。

当四郎与妻子赶到大哥家时，众人正焦急地等待着他们。四郎与妻子到后，马上给他们扎孝带、穿上孝服，参加父亲的"开光"仪式。当打开父亲的棺盖时，在场的亲属、乡亲往棺内探视，与死者做最后的诀别。四郎挤到前去，看看父亲。几日不见，父亲变得比平常瘦小了许多，脸瘦得皮包骨。父亲穿着寿衣，身上盖着金黄色的被子，头上戴着一顶蓝色的带遮帽子，安详地躺在那里。

"开光"完毕后，二郎拿着一根长棍指向西南方向，说："爹，西南大路，光明大道！"连说三遍。然后二郎举起丧盆摔下，众人起灵——抬起棺材。孝子们走在棺材前面，不论辈分大小，都要走几步跪下向抬棺人磕头。抬了一二百米远，将父亲的灵柩放到汽车上，然后哥仨和直系亲属上了载有父亲灵柩的车上，二郎扛着灵幡，其他众人上了其他车上，一路开向三十里外的县城火葬场。

大郎留在家里，领着小屯的男劳力去自家的坟茔地给父亲挖墓穴，大家用洋镐刨下冻结的土，用铁锨将冻土挖出，挖好埋棺材的墓穴。

拉着父亲灵柩的车，用了四五十分钟就到了火葬场。三郎在县城里工作，他单位有二三十个同事，已在那里等候了较长时间，准备参加瞻仰遗容的仪式，一个个都冻得够呛。三郎见此，表示歉意，跟二郎说就别进行瞻仰遗容的仪式了，让同事们赶快回去吧。二郎同意。这样，直接就将父亲的遗体放到火葬场车子上，与工作人员一起将父亲的遗体推向焚尸炉。二郎在将父亲推向焚尸炉前亲吻了父亲的脸颊，说了一声："爹呀，再也看不到您了，您安息吧！"

去火葬场的人们在休息厅中等待着父亲的骨灰，过了大约四五十分钟，父亲的骨灰被工作人员端了出来，众人前去查看。二郎将父亲的骨灰装入事先准备好的骨灰袋里，然后放入父亲的棺材之中。去火葬场的人们乘车返回到小屯南面，直接到了墓地，将父亲的棺材放入墓穴内，人们用刨下来的土块与冻土将装有父亲骨灰的棺材埋下。

四郎一清早回老家时，没有来得及去单位请假，在半路上与单位领导打了招呼。单位的领导与四郎要好的同事，在单位要了一辆车也来到了四郎的老家。四郎见到同事，表示感谢他们的到来。同事们询问了一下父亲的情况并安慰四郎。过了会儿，天色已晚，四郎对同事们说："你们赶紧回去吧，再晚了路就不好走了。"这样，四郎的同事们乘车回去了，四郎到外面相送并表示感谢。

父亲埋葬后，参加葬礼的人们乘坐汽车去了饭店，用过餐后陆续回家去了，父亲的丧事就此结束了。

按照农村习俗，父亲虽有八个孩子，但丧事的花销要由儿子承担。晚上，四个儿子一起商量父亲丧葬花销的事宜。三郎将所有花销清单一一列出，共计花了四千多元钱。三郎说："父亲病重这三四个月时间都在大哥家里住，大哥家的经济条件也不如我们哥仁，父亲的丧葬费就由我们小哥仁掏吧。"二郎与四郎都很赞成，大郎没有更多争论，也就默许了。父亲的丧葬花销都由三郎亲自办理，这样，二郎与四郎拿出了各自应拿的钱款给了三郎。

父亲的丧事圆满完成了，父亲生前没有留下什么遗产。原来攒了千八百元钱，自己有点儿小病买点儿药，到孩子家去住时，经常买点蔬菜等，已将这千八百块钱花没了。这也是好事，免得像社会上孩子们为分父母的遗产而发生纷争的闹剧。

次日，由于四郎家孩子小没有人照顾，他们夫妻俩早早就赶路回家去了。二郎、三郎的媳妇和四娥等也都回家去了。只剩下大娥、三娥和二郎、三郎在大郎家里。这天中午，二郎、三郎也准备下午回去，等第三天圆坟再回来。兄弟姐妹们在一起唠嗑儿，说："爹养育我们这么大真是不容易，如今爹走了，他老人家也没有留下什么遗产，为了留个念想儿，我们将父亲的遗物拿上一份。"二郎说："我拿父亲生前家里用过的那个小座钟。"三郎说："我拿父亲生前用过的剃须刀。"这样，他们就把这两件遗物拿走，返回家去了。他们刚出门不久，大郎媳妇就吵起来，说："这二虎子、三虎子，老爷子留下这么点儿东西，他们还要。"说了些不中听的话。大娥与三娥听着心中非常不是滋味儿，心想这么两个已经无用的小物品，还值得动这么大的肝火？（四郎倒是聪明，他上大学时，就将妈妈生前留下的一个用牛角做的"叫叫"偷偷地自己留下了，一直带在身边；把父亲亲手钉制的盖帘保存并使用着。）

大郎平日都不敢惹她媳妇，现在就更不敢招惹她了，任由她去说吧。大郎的姑娘实在看不下眼儿，说："妈，您就别发火了！从前你们不就是因我爷爷在农村住，你们经常在一起嘀嘀咕咕的。现在我爷死了，一切都结束了，你们就不用再嘀嘀咕咕的了，您还说这些不中听的话干啥？不让人家笑话？"大郎媳妇倒是惧怕自己的姑娘，听了姑娘的话，也就没敢再吭声。

父亲圆坟后，各兄弟姐妹都回到各自家中去了。四郎把与父亲离别的心情含泪写在了日记中：

> 父母在
> 和孩子间牵着一根隐形的线
> 一端是感恩
> 一端是惦念
> 父母不在
> 那根线已断

当孩子孤独的时候

总会想起父母

那无私的港湾

落下的是无声的泪水

留下的是内心的伤痕

剩下的是无限的思念

孩子常梦绕着父母

父母活在孩子心间

光阴似箭，日月如梭。1943年，在日本扶植下的伪满洲国统治时期，东北大平原上建立的"小屯一家"，经历了从战乱到和平风风雨雨六十多年的艰辛史。

如今小屯一家的主人——母亲和父亲，都先后不在人世了，但这一家的后辈还将代代相传！

17

2008年，四郎与妻子参加了本地庆祝奥运火炬接力活动；2010年7月，四郎与妻子、孩子去了上海参观世博会。

小屯南面的南国道，这历时千年的土路，已变成水泥路。小屯与其他相邻村屯的土路变成了水泥路——村村通了。小屯通县城、县城通省城、省城通北京——条条道路通北京。小屯到县城三十里路，在南国道上坐公共汽车，二三十分钟就到了，那可是风雨无阻的啊！小屯一家人不会忘记过去和现在的"南国道"！诗人郭小川说得好：

乡村大道呵/我爱你的长远和宽阔/也不能不爱你的险峻和你那突起的风波/如果只会在花砖地上旋舞/那还算什么伟大的生活/哦/乡村大道/我爱你的明亮和丰沃/也不能不爱你的坎坎坷坷/曲曲折折/不经过这样山山水水，黄金的世界怎会开拓！

2015年，小屯用上自来水，水源来自深水层。小屯的祖祖辈辈在一二百年里，喝的都是由水井打上来的地表之下的潜水，今天，也能喝上城里人喝的自来水了——那水质还好于城里呢！

小屯原来的土坯平房早已变成了亮堂的砖瓦房；自行车变成了摩托车、小轿车；马犁变成了四轮拖拉机。有线广播喇叭、无线电收音机，被家家户户的电话、电视、电脑、手机所替代。

小屯人说："现在种地，春天直播、秋天收割机直收，种地、收地清一色机械化，冬天就是个玩儿，全年农活加在一起也干不上一两个月。"

2016年下半年，取消农业户口与非农业户口性质区分，昔日城里的粮本分什么"红本""绿本"，现在什么"本"都没有了——早就不需要了！

农村种地还有粮补、油补。粮食补贴根据所种的粮食品种不同，补贴也不同，如种黄豆比种苞米要多。三娥家有两垧责任田，2017年种植黄豆，一垧地可补贴七千元。自己不种地租给他人种地，还可得租金七千元。这粮补、租金与年头好坏也有关系。2017年三娥家的责任田，补贴加租金一起可得近两万元，这可是一笔不少的收入。几个孩子种地的钱他们都不要，都给老两口用。小屯大郎、二郎、二娥家的地，补贴和租金的价钱，与三娥家那地方都差不多。

2017年，小屯所在县城的高铁通车，四郎所在的城市也通了高铁。四郎高兴地写了首《坐上了高铁》的诗，我们不妨看看。

都说高铁好，都说高铁妙。

从来没坐过，离家太远了。

今年高铁通我家，这回坐上了。

都说高铁好，究竟有哪条？

那可多去了，请我慢慢表：

每人一个座，座前还有小架在那放着。

坐着真舒服，靠背角度还能调。

原来到省城，两个小时到。

现在坐高铁，一个小时用不了。

全程无烟雾，空气可真好。

都说高铁妙，究竟有何妙？

座位都朝前，车外景色真好瞧。

原来坐火车，咣当咣当响。

现在坐高铁，响声早没了。

都是高科技，才有这妙招。

以前坐地铁，到站中文英文一起报。

这回坐高铁，也用洋文了。

我家融入了大世界，不懂洋文可有点吃不消。

今后去省城，那可容易了。

上车看看景，再眯上一觉，省城就到了。

高铁通我家，今天享受了。

百姓的日子，芝麻开花——节节高！

农村人人都实行了合作医疗，每人每年上缴百八十元钱，看病可以报销百分之六七十；像大郎夫妻这种60岁以上的老人，还享受每个月七八十元钱的社保。

小屯现有户口数二百来口，其中常住人口仅一百来口，另外一百口人都搬进了城里住。有几家在小屯还有房子，夏天回来小住一段时间，等到天冷了，就回到城里去住。

小屯的县城，也是一座座高楼平地起。干干净净、宽阔的马路，夏天广场上长满了鲜花，还有了喷水池，那古老的辽塔已成为重要的旅游景点。二郎、三郎、大郎大儿子与姑娘家，在县城都住上了楼房。冬天在东北有暖气，那可是享福啊！只是看不到以前的"霜花"了。

小屯的省城变化就更大了，四郎20世纪80年代读大学的时候，人们上下班都骑着自行车或坐公交车，现在满街道上都是私家车。二娥、三娥、四娥家六个孩子全都在省城工作，都有私家车。

交通发达了，人手里有钱了，吃穿住行大变样了，便出现了"聚会""旅游"等许多新鲜事儿。

有句俗话："三岁看小，五岁看老。"四郎觉得真是有道理。有一位张姓同学，在校时家里穷，穿着最差，性格大大咧咧的，如今却成了全班最富有的。他毕业后在国企干了几年就下海了，自己成立了一家公司。四郎心想：都说细节决定成败，看来性格也决定成败呀！

四郎大学毕业20年同学聚会，恰逢学校50周年校庆，参加全校庆典的人，来个"全家福"，照完相后四郎特意留意了一下七七级那位"美女"。还真找到了——个头、脸型、大眼睛还在，但脸上已有了不少皱纹——成了一个老太太了！四郎感慨：人如花朵，时光无情呀！

同学们到了当年的教室，体会着从前当学生的感觉；到原来住的宿舍看看，看到学生们在玩电脑，床上撕扯乱挂，一切都今非昔比了！当年哪有电脑这玩意儿呀，辅导员每周都要检查卫生，怎能这样撕扯乱挂呀！

2012年四郎大学同学毕业30周年聚会，这次全班参加聚会的有十七人。上次毕业20周年聚会的两位同学没能来——永远来不了了！一位是北京的女同学，因患癌症去世；另一位是黑龙江的男同学，因患脑出血去世。四郎感叹：人生短暂，无可奈何啊！

2017年三娥初中同学聚会，毕业四十一年了。同学们都是一个大队的，同一个屯的就五六个，有的同学毕业后一直就没有见过面。这次见面也是不容易，班长通过各种渠道，才打听到同学们的消息，组织成这次聚会，共有二十多人参加。他们有的住在本地，有的住在大连、哈尔滨，有的住在南方。大家吃顿饭、唠唠嗑儿，会餐"做东"的就是当年上不了高中、如今小屯的"陈百万"。三娥最大的感触就是———一个个都老了！刚见面都不认识了，一个个满脸皱纹、满头白发，都是一个个小老头子、小老太太了，当年一个个花季的青少年，如今都步入晚年。同学们的现状也不尽相同，有的同学还好，自己和孩子都生活在城里，步入小康生活；有的同学就不怎么样了，唯一的孩子没了，自己整天不出屋，不想见外人，不想见外面的世界；有的同学整天在家里照看着不能动弹的老伴儿。

国家发展了，社会进步了，人们的生活水平提高了，旅游就成了人们生活中不可或缺的一部分。

四郎 2001 年去了欧洲七国：奥地利、意大利、西班牙、德国、荷兰、法国、比利时等。2002 年去了一趟俄罗斯的莫斯科、圣彼得堡，参观了红场，还瞻仰了列宁遗容；游览了冬宫、夏宫等景点。2011 年去了美国的科罗拉多州、内华达州、加利福尼亚州，参观了世界上最大的赌城——拉斯维加斯、洛杉矶好莱坞"电影城"等地。

四郎在 1983 年工作时，曾梦想去欧洲旅游，二十多年后，梦想竟然都实现了，还超出了当年的梦想。

四郎在国内旅游的地方就更多了。故宫、长城、九寨沟、张家界、韶山、猛洞河、银沙滩、井冈山、丽江、庐山、北戴河、龙虎山、玉龙雪上、峨眉山、乐山大佛、莫高窟……祖国的大好河山好玩儿的地方多了去了。四郎在旅游时，也常写诗抒发情感，这里选两首。

猛洞河漂流

天下第一漂，两山夹水道。

小舟有人撑，众人戏水闹。

时而遇险处，偶尔瀑布掉。

我愿做百姓，凭证有此照。

游张家界

鬼斧神工万千凿，美景语言无法描。

只有亲临张家界，方知道法自然高。

旅游能陶冶情操、放松心情、增长知识，是提高生活质量的好方式。

2012 年，大郎等哥儿四个有事相聚，他们在一起唠嗑儿，三郎说："现在我们的经济条件好了，交通也发达了，我有个想法，我们哥儿四个一起去黑龙江省牡丹江市东宁市去看看，追寻一下父亲曾经在那里走过的足迹，也算是我们哥儿四个一起旅游一趟，你们看怎么样？"哥仨听后都很赞成，说："你这个想法很好！你就筹划一下吧，我们哥儿四个一起去趟东宁，到那里去看看。"

在三郎的筹划组织下，哥儿四个一路乘车，就到了七十年前父亲给日本人当劳工的地方——现黑龙江省牡丹江市东宁市。哥儿四个参观了"东宁要塞博物馆"，了解了当年日本帝国主义侵占中国、奴役迫害广大中国劳苦人民的罪行，以及中国人民艰苦卓绝的对敌斗争过程。哥儿四个又到山洞里看看——这里曾经是七十年前父亲年轻时，被日本人奴役干活儿的地方。三郎说："要是我们能带着父亲来该有多好！说说他老人家，是在哪个洞子里干的活儿，再给我们回忆一下当年在这里干活的情景。"四郎说："父亲那一代人，年轻时经历的是动乱年代，民不聊生啊！我们赶上了好时代，现在国泰民安，我们都过上了小康生活。"大郎说："可不是咋的，我这个一直当农民的人，今天也过上了小康生活。"二郎说："我们的孩子都上了大学或中专，现在都在城市里生活。人们常说：'没有共产党，就没有新中国。'我们今天站在这里，对这句话的体会就更深了，还是共产党有能耐呀！"

钟家的第三代，旅游已经成了他们生活中的常事儿。他们利用节日长假或带薪假坐着高铁、飞机等交通工具，带着孩子到国内外旅游，这里就不多说了。

2010年以后，不能不说说"智能手机"，智能手机已经大大改变了人们的生活方式。小屯一家的第二代、第三代、第四代的大孩子，都有了智能手机。以前的手机只能打电话，而智能手机的功能和用途可就多了。

18

2015 年 8 月的一天，大郎的孙子——小屯一家的第四代，在大郎家举办了升学庆宴，孙子考上了深圳市的一所大学。这天，小屯的乡亲、大郎和大郎儿子的亲朋好友，以及大郎孙子的同学都来参加升学庆典。

二郎夫妇、三郎夫妇、四郎夫妇、大娥、三娥夫妇、四娥夫妇、二娥女婿，以及他们的孩子，也都到场祝贺。此时，升学庆典可是省事儿多了，有专业的餐饮队伍、庆典队伍。只要花了钱，这些都不需要家里人张罗和费心了。整个庆宴欢天喜地，钟氏家族已有第四代人上大学了。

八个兄弟姐妹，利用这个机会正好见见面、叙叙旧。年龄最大的大姐已近古稀之年，最小的小妹也已过天命之年。

在家人唠嗑儿中，四郎对家里人说："今天信息这样发达，我们人人都有智能手机，为今后我们能常联系、又少花钱，我们这个大家族建一个'微信群'，你们看怎么样？"大家听后都表示赞成。这样，四郎就建起一个名为"小屯一家"的微信群，群中共有二十多人。

2006 年父亲去世后，四郎就有写一部"钟家小传"的想法。这回利用家里的微信群搜集资料可就方便了。四郎在群里出了若干个题目，每个"群友"可以发表各自的意见和看法。同时，"群友"若有什么问题可以随时发到微信群里，互相沟通解答。四郎对"小屯一家"群里部分题目的"信息"进行了归纳总结，这里仅摘录其中几个题目的部分内容。

题目一：用一个字概括我们的父母

大娥：父亲的一生就是个"勤"字。勤于动手、勤于动脑。不勤于动脑，栽几十棵白菜栽子，卖十几斤白菜籽，我们家的新房子何时才能盖上呢？不勤于动手，我们家就得穷得叮当乱响，还能供我们上初学、高中、大学？

　　母亲的一生就是个"说"字。讲起故事来真是精彩中听。小时候听母亲讲的故事不计其数，到现在我们都没忘。母亲讲的故事，给了我们很多教育和启迪，我们享用了一辈子，并且还传给了后代。

　　央视节目《谢谢了，我的家》中，谈到了"家风""家训"等，我们家也说不上什么家风、家训的，我觉得我们的父母给我们留下了八个字："动脑、动手、自强、自立"，不知我对父母的总结是否对呀？

　　弟弟妹妹们回复：大姐总结得很到位，同意你的概括。

题目二：谈谈乡愁

　　三郎：退休了，没事了，就常常回想童年、家乡。我待在北京儿子家半年的时间里，多次落泪，常常想到我童年的最爱——东沟子，尤其是那里的婆婆丁花和山茄子花，梦里经常出现。我还想起我和弟弟妹妹吃"塔糖"的事儿呢。大队卫生所下发给各家各户"塔糖"，给孩子们吃，甜甜的味道，一咬嘎嘣脆，含在嘴里一小会儿，就融化咽到肚子里去了。那"塔糖"真是神奇啊，吃完后肚子里的虫子就拉出来了。妈妈看到孩子拉出了蛔虫，高兴地说："这回好了，原来你们吃的营养，都被这蛔虫给吸去了。"

　　三娥：我也时常想起小屯的事儿，还记得"栽花"的事儿吗？每年卫生部门的医生来到队里，全队各家小孩子来队里"栽花"。医生将栽花人的上臂刮一小口，上点儿药水，之后胳膊上遗留一瘢痕。我还问过妈妈："为什么要'栽花'呀？"妈妈说："不'栽花'可能传染天花病，你们没看到后屯的王大麻子吗？那麻脸多丑啊！脸上全是一个一个芝麻粒大小的坑，那就是天花感染之后，病好了留下的疤痕，这是轻的呢，有的人还成了'双眼瞎'，从前因为这天花病可是死了好多人呢。"

　　大郎：我始终没有离开过小屯，你们离开小屯的人，都有对家乡眷恋的一份情啊！连咱们屯集体户的知青，三十多年过去了，他们还驾车回来看望咱小屯的老乡呢！家乡是个永远说不完的话题呀。

　　四郎：有一次，我做梦回到家乡，梦见童年小伙伴儿，看到沟子、甸子都没有了，变成了田地；原来小屯家家户户、前前后后的树木都不见了，剩下了光秃秃的房子；家里住的房子也变了。我悲伤地哭了起来，哭声把自己从梦中惊醒。我很喜欢那首《山路弯弯》的歌曲："小河流水，带走了我的童年；沙棘满坡，装进了我的心田；一头头那个小毛驴，一杆杆那个牧羊鞭……"小屯那里的一草一木、一石一水，都有我们的故事。

钟家第三代：我们生在城里，我们小时候玩儿的是恐龙模型、塑料枪、洋娃娃、积木；电视上看的是儿童动画片；学的是画画、大字、跳舞、奥数；我们上中学、大学的时候，玩得最多的是电子游戏。觉得我们玩的东西是在虚拟世界里，而长辈们玩的东西是在现实世界里。我们对乡愁的概念还比较模糊，也许是我们年龄还小的缘故。

大郎的孙子（钟家第四代）：我生长在钟家屯，大了才到县城。有时看到爷爷、姑奶在一起谈起你们过去在家里时的事，春天剜菜、打雀、放猪、喂猪、人拉犁杖耥地、人拉碾子碾米面；夏天在河沟子摸鱼、洗澡；秋天捡粮食、捡柴火；冬天打出溜滑、扇啪叽、玩嘎拉哈、编炕席……看你们谈论的是那么兴奋、那么津津有味……

题目三：怎样做人做事

四郎：国家提出社会主义核心价值观："富强、民主、文明、和谐；自由、平等、公正、法治；爱国、敬业、诚信、友善。"对于价值观的概念，我觉得既熟悉又陌生。在我看来，最重要的是怎样做人的问题。

大郎：我觉得咱家父母和我们兄弟姐妹，都有一种正义感，对那些损害国家、社会公德的人和现象，都有一种愤恨的心理。我们都能遵纪守法。

题目四：谈谈小屯一家传记

一天，四郎在"小屯一家"群里发出：我准备将我们钟家百年历史——从我们的父母出生开始，到父母组建家庭，再到父母诞辰百年——写成一部传记，你们看好吗？

群里众人回复：太好了，希望早日看到小屯一家的传记。

四郎：这部传记是写我们一家的，书写成后，我打算送到出版社公开出版发行。不仅我们一家人看，还要给更多的人看。中国共产党人不忘初心，我们做老百姓的更不能忘自己的"根"啊！妈妈生前经常说："还是这窝这块！"无论到了何时，小屯一家永远是一家——"还是这窝这块！"国家也是一样——"还是这窝这块！"只要中华民族大团结，就没有战胜不了的困难！

群里众人回复：我们希望早日看到你的大作！看到我们一家的百年史，已经迫不及待了！

四郎：我编了一首小诗，留给小屯一家的后代，希望他们不要忘了小屯一家——我们共同的根。我朗诵后，在群里给你们发过去，你们听听。

"小屯一家"群里，众人点击语音，一个个听到四郎抑扬顿挫的朗诵声：

> 人事有代谢，
> 往来成古今。
> 代代无穷已，
> 勿忘自己根。

2007 年 5 月策划
2015 年 8 月动笔
2018 年 11 月初稿
2019 年 11 月完稿
2020 年 8 月定稿